講談社文庫

正義の弧(上)

マイクル・コナリー｜古沢嘉通 訳

講談社

ハリー・ボッシュを信じてくれた
フィリップ・スピッツァーを偲《しの》んで

DESERT STAR
By Michael Connelly

This edition published by arrangement with
Little, Brown and Company, New York,
New York, USA
Through Tuttle-Mori Agency, Inc., Tokyo

目次

正義の弧（上）

正義の弧（上）

●主な登場人物〈正義の弧　上下共通〉

レネイ・バラード　ロス市警未解決事件班担当刑事

ハリー・ボッシュ　元ロス市警敏腕刑事。私立探偵

マディ　ボッシュの娘。ロス市警刑事

フィンバー・マクシェーン　ギャラガー一家殺害事件の容疑者

ジェイク・パールマン　市会議員

サラ・パールマン　ジェイクの一九九四年に殺害された妹

ネルスン・ヘイスティングス　ジェイクの統括秘書

リタ・フォード　ジェイクの政治顧問

トマス・ラフォント　未解決事件班員。元FBI捜査官

リリア・アグザフィ　未解決事件班員。元ヴェガス・メトロ警察

ポール・マッサー　未解決事件班員。元地区検事補

コリーン・ハッテラス　未解決事件班員。遺伝子系図学者

テッド(ルー)・ロウルズ　未解決事件班員。元サンタモニカ市警

ダーシー・トロイ　ロス市警DNA技官

ヴィッキー・ブロジェット　検察官

シーラ・ウォルシュ　ギャラガーの元業務マネージャー

ローラ・ウィルスン　二〇〇五年に殺害された女優志望者

サンディ・クレイマー　ジェイクのかつての仲間

ミッキー・ハラー　刑事弁護士

ケイシャ・ラッセル　ロサンジェルス・タイムズ記者

第一部　失われた魂の図書館

1

ボッシュはテーブルに錠剤を並べて用意をしていた。ボトルからコップに水を注いでいると、ドアの呼び鈴が鳴った。テーブルをまえにして腰を下ろしており、応対しないでおこうと考える。娘は家の鍵を持っており、けっしてノックをしたりしない。来客の予定はなかった。セールスマンか、近所の人間にちがいない。それにもう近所の人間で顔見知りはいなかった。家の近所の住民は数年おきに顔ぶれが変わっている気がする。それが三十年以上もつづいていて、ボッシュは新規住民に会ったり、挨拶したりするのを止《や》めてしまっていた。実際のところ、近所の人間が怖がって近づかないようにしている気難しい年寄りの元警官という立場をボッシュは享受していた。

だが、呼び鈴が再度鳴らされ、名前を呼ぶ声がした。聞き覚えのある声だった。

「ハリー、いるのはわかってる。車が正面に停《と》まっているもの」

ボッシュはテーブルの天板の下にあるひきだしをあけた。ひきだしのなかには、テイクアウト用袋に入っていたプラスチック製のナイフとフォーク、ナプキン、箸が入っている。片手を払うようにして錠剤をすばやくひきだしに落としこみ、閉める。そののち、腰を上げ、玄関扉に向かった。

レネイ・バラードが玄関の階段に立っていた。ボッシュが彼女に会うのは、ほぼ一年ぶりだった。ボッシュの記憶にあるよりもバラードは痩せているように見えた。バラードのブレザーの裾の膨らみに腰に銃を佩《は》いているのをボッシュは見て取った。

「ハリー」バラードは言った。

「髪を切ったんだ」ボッシュは言った。

「ええ、しばらくまえに」

「こんなところでなにをしてるんだ、レネイ？」

もっと温かい応対を期待していたかのようにバラードは顔をしかめた。だが、去年あんなことがあったあとでバラードがましな応対を期待しているとしたら、了見違いもはなはだしい。

「フィンバー」バラードは言った。

「はあ？」ボッシュは問い返した。

「わかってるでしょ。フィンバー・マクシェーン」

「やつがどうした？」

「あの男はまだ捕まっていない。自由の身でどこかにいる。わたしといっしょに事件を解決したい？　それともたんに憤懣《ふんまん》を抱えたままでいたい？」

「いったいなんの話だ？」

「なかに入れてくれたら、話せる」

ボッシュはためらったが、うしろに下がり、片方の腕を挙げ、渋々ながら家に入るようバラードに合図した。

バラードは家のなかに入ると、いましがたボッシュが座っていたテーブルのそばで足を止めた。

「音楽はかけていないの？」バラードは訊《き》いた。

「きょうはかけていない」ボッシュは言った。「で、マクシェーンがどうした？」

バラードは本題に入らねばならないことを理解したしるしにうなずいた。

「わたしは未解決事件の担当になったの、ハリー」

「最後に聞いたところでは、未解決事件班は抹消されたそうだが。制服警官を街に配備することほど重要ではないので、解散させられた」

「そのとおり。だけど、事情は変わるもの。ロス市警は、未解決事件に取り組むよう迫られている。ジェイク・パールマンが何者なのか知ってるでしょ？」

「市会議員だ」

「彼はあなたにうってつけの議員なの。パールマンの妹がかなりまえに殺された。事件は未解決のまま。彼は市議に当選し、未解決事件班がひそかに解散になり、だれも未解決事件を調べていないことに気づいた」

「それで？」

「それでわたしがそのことを耳にして、ひとつの提案を持って上司の警部のところに向かったの。わたしが強盗殺人課から異動し、未解決事件班を再編成し——未解決事件を調べる、という提案」

「きみだけで？」

「いいえ、それがわたしがここにいる理由。十階は賛同してくれた——ひとりの正規警察官——わたしね——がいて、残りの班員は、予備警察官とボランティアと契約職員から構成される。それはわたしのアイデアじゃない。ほかの市警で、数年まえから同様のモデルを運用しており、事件を解決しているの。実を言うと、わたしがそのことを思いついたのは、あなたのサンフェルナンド市警での実績からだった」

「で、きみはその……班なりチームなり、なんと呼んでいるか知らないが……それにおれを加えたがっている。おれは予備警察官にはなれないぞ。運動能力テストに通らないだろう。千六百メートルを十分以内に走る？　忘れてくれ」

「そのとおり、だから、あなたにはボランティアになってもらうか、あるいはこちらで契約職員の手続きをする。わたしはすべてのギャラガー事件の殺人事件調書を引っ張ってきた。四名の殺人をまとめた六冊の調書――あなたが持っていった資料よりも多いはず。あなたはマクシェーンの捜査に――公務として――戻れるのよ」

　ボッシュはその点についてしばらく考えた。マクシェーンは二〇一三年にギャラガー一家四人を皆殺しにし、砂漠に埋めた。だが、ボッシュはそれを証明できなかった。そうこうするうちにボッシュは引退した。ほぼ三十年間、殺人事件の捜査にあたってきたが、担当したすべての事件を解決したわけではない。どんな殺人事件担当刑事もそんなことはできない。だが、この事件は一家全員が被害者だった。ボッシュにとって、あとに残していくのがもっともいやだった事件だ。

「知ってるだろうが、おれは円満に市警を去ったんじゃない」ボッシュは言った。「おれは放りだされるまえに出ていった。そののち、おれは市警を訴えた。おれが舞い戻るのをけっして認めないだろう」

「もしあなたが戻りたいと思うなら、もうその件は解決済み」バラードは言った。

「ここに来るまえにわたしが解決したの。いまでは強盗殺人課の警部は替わっていて、メンバーも替わっている。正直言うとね、ハリー、本部であなたのことを知っている人間はあまりいないの。あなたが辞めてから、どうだろ、五年経《た》った？　六年？　市警は様変わりしている」

「賭けてもいいが、十階の連中はおれのことを覚えている」

市警本部ビルの十階には、本部長室があり、市警幹部の大半がその階にいた。

「うん、あのね、わたしたちは市警本部ビルで働きさえしないの」バラードは言った。「ウェストチェスターの新しくできた殺人事件資料室で働くの。だから、政治的な動きや詮索好きな目をかなり避けられる」

それを聞いてボッシュは興味をそそられた。

「六冊か」じっと考えてボッシュは声に出した。

「あなたの名前が入った空の机に積んである」バラードが言った。

ボッシュは引退するときにその事件の書類を多数コピーして持ちだした。時系列記録および、重要度がきわめて高いと思ったすべての報告書を。引退してからおりにふれその事件に取り組んできたものの、進展はなく、フィンバー・マクシェーンはいまも捕らわれずにどこかにいて、自由に暮らしていると認めざるをえなかった。ボッシュはマクシェーンが有罪である確かな証拠をいっさい見つけていなかったが、マクシェーンがホンボシである、と腹の底からわかっていた。マクシェーンは有罪だった。

バラードの申し出は、魅力的だった。

「では、おれは捜査に復帰して、ギャラガー一家の事件に取り組むことになるのか？」ボッシュは言った。

「ええ、取り組むことになるのは、そのとおり」バラードは言った。「でも、ほかの事件にも取り組んでもらう必要があるの」

「うまい話には裏があるもんだ」

「わたしは結果を示さないとならないの。未解決事件班を解散させたのがどれほどのまちがいだったのか示さないと。ギャラガー一家の事件には、かなりの作業が必要になるはず——見直さねばならない六冊の調書があり、DNAあるいは指紋といった物証は知られていない。とてもタフな事件。それはいいんだけど、この部門を正当化し、あなたが調書六冊の事件に取り組めるよう、何件か事件を解決しなければならないの。それはかまわないかしら？」

ボッシュはすぐには答えなかった。一年まえ、バラードに足をすくわれた件についてボッシュは考えた。当時、バラードは権力争いと官僚主義、女性蔑視《ミソジニー》などあらゆることで堪忍袋の緒が切れ、市警を辞め、ボッシュとパートナーを組んで、私立探偵になることに同意した。ところが、好きな所属先を選んでいいという市警本部長の約束に誘われ、復職することにした、とバラードはボッシュに告げた。バラードはダウンタウンの本部の強盗殺人課を選び、それによって計画されていたパートナー関係は結ばれずに終わった。

「あのな、事務所の物件をさがしはじめていたんだ」ボッシュは言った。「ハリウッド・アスレチック・クラブの裏手のビルに二部屋つづきになっているいい物件があった」

「あのね、ハリー」バラードは言った。「あの件の対応について、わたしは謝罪したけど、部分的にはあなたのせいでもあるのよ」

「おれの？　冗談じゃない」

「いいえ、外側からより内側にいるほうが組織に影響を与えることができると最初に言ってくれたのはあなたなの。そしてそれがわたしの決断したこと。だから、気が済むならいくらでもわたしを非難すればいいけど、実際には、わたしはあなたがやれと言ったことをしたの」

ボッシュは首を横に振った。そんなことをバラードに言った覚えはなかったが、自分が感じていることであるとわかっていた。娘が最近の警察への抗議活動と警官への反感の高まりのあとで、ロス市警に奉職することを検討していたとき、彼女に言った言葉でもあった。

「オーケイ、わかった」ボッシュは言った。「引き受けよう。おれはバッジをもらえるのか？」

「バッジなし、銃もなし」バラードは言った。「だけど、六冊の調書と机はあなたのもの。いつからはじめられる？」

ボッシュは数分まえにテーブルに並べた錠剤のことを一瞬脳裏に浮かべた。

「いつでもきみの好きなときに」ボッシュは言った。

「けっこう」バラードは言った。「じゃあ、月曜日に来てちょうだい。受付デスクに入場許可証を用意しておく。そのあとで、あなたのＩＤカードを発行する。あなたの写真を撮り、指紋を採取する必要がある」

「おれの机は窓に近いのか？」

ボッシュはそう言いながらほほ笑んだ。バラードはほほ笑まなかった。

「欲張らないで」バラードは言った。

2

バラードが自分の机で、ＤＮＡ予算案を書いていると、電話が鳴った。フロントにいる巡査からだった。

「男性がひとり、ここに来て、入場許可証があるはずだと言ってます。ヘロン――ヘル――発音できないな。ラストネームは、ボッシュです」

「ごめん、手配するのを忘れてた。来客用の入場許可証を渡して、こっちへ通して。その人はここで働くことになっているので、あとで身分証明証を渡さないといけない。それから、ヒエロニムスと発音するの。匿名《アノニマス》と似た音」

「わかりました。そちらへ通します」

バラードは受話器を下ろすと立ち上がり、資料室の入り口でボッシュを迎えようとした。フロントでの混乱でボッシュはむかついているだろうとわかっていた。バラードが入り口にたどりつき、ドアをあけると、ボッシュはドアから二メートル弱離れたところに立って、バラードの頭越しにドアの上の壁を見上げていた。バラードは笑みを浮かべた。

「どう思う?」バラードは言った。「わたしがあれを書かせたの」

バラードは廊下に踏みだし、回れ右してドアの上に書かれた文言を見上げた。

未解決事件班
だれもが価値がある。さもなければだれも価値がない

ボッシュは首を左右に振った。『だれもが価値がある。さもなければだれも価値がない』というのは、殺人事件捜査にあたってつねに心がけている信条であったが、同時にボッシュの個人的な信条でもあった。標語ではない。壁に記されているのを見て喜ぶような標語では絶対になかった。心のなかで感じて、理解するものだった。宣伝されるようなものではなく、教えられるようなことですらなかった。

「ねえ、なにかが必要なの」バラードが言った。「モットー。規範。この部門に団結心みたいなものがほしいの。やってやるんだという気持ち」

ボッシュは反応しなかった。

「とりあえずなかに入って、落ち着きましょう」バラードは言った。

バラードは、先に立って進み、奥に年と事件番号で整理された殺人事件調書を収めている書架が並んでいる受付カウンターをまわりこんだ。書架の左側にある通路を進んで再編成された未解決事件班の正式な職場にたどりつく。そこは向かい合わせに三つずつ、一方の端にひとつ、合計七つの作業スペースで構成されており、共有のパーティションでつながっていた。

ふたつの作業スペースは使用中で、捜査員の頭がプライバシー用パーティションの上から少しだけ覗《のぞ》いていた。バラードは作業スペースが集まってできている島《ポッド》の端にある区画で立ち止まった。

「わたしの席はここ」バラードは言った。「で、あなたの席はそこにした」

バラードは自分の区画とパーティションを共有する区画を指し示し、ボッシュはそちらへまわりこんだ。バラードは自分の区画に入りこむと、ボッシュの机を見おろせるようにパーティションの上で腕を組んだ。机の上にバラードは二山にわけて殺人事件調書を積み重ねていた。ひとつの山は高く、もうひとつは低い山になっている。

「高い山はギャラガー事件の調書――見覚えはあるはず」

「で、こっちは？」

ボッシュは低いほうの調書の山のいちばん上にあるバインダーをひらいていた。

「それが裏があるもんだの裏」バラードが言った。「サラ・パールマン事件の調書。その再検討からはじめてほしい」

「市会議員の妹か」ボッシュは言った。「きみがもう目を通したんじゃないのか？」

「通した。解決の見込みはかなり薄いと思える。だけど、まずあなたに取り組んでもらいたいの——悪い知らせを市議に伝えにいくまえに」

ボッシュはうなずいた。

「見てみるよ」ボッシュは言った。

「取り組んでもらうまえにリリアとトマスを紹介させて」バラードは言った。

バラードは並べられた机の末端まで歩いていった。最後のふたつの作業スペースには、五十代なかばから後半に見える男女が座っていた。バラードは男性のすぐそばにいって相手の肩に手を置くと、紹介した。ふたりともプロフェッショナルな雰囲気を醸しだしていた。男性のスーツの上着が椅子の背にかけられていた。彼はネクタイをきつく締めている。髪は黒く、くちひげをたくわえ、デスク作業用のハーフ眼鏡をかけていた。女性のほうは黒髪で、黒い肌をしていた。彼女はバラードがいつもしているような服装だった。婦人向けスーツと白いブラウス。彼女は上着のラペルにアメリカ国旗のピンを留めており、それは外国人かどうか問われるのを回避するためだろうか、とボッシュは思った。

「こちらはトマス・ラフォント。先週、わたしたちに加わってくれたばかり」バラードが言った。「引退したFBI捜査官で、リリア・アグザフィとペアを組んでもらったの。リリアはヴェガス・メトロ警察に二十年勤め、海が見たくなって、引退してここに来た。トムとリリアは、未解決事件捜査界隈《かいわい》で大流行している遺伝子系図学調査を使って捜査対象者をさがすため、事件の見直しをしている」

ボッシュはふたりの捜査員と握手をし、会釈した。

「こちらはハリー・ボッシュ」バラードが言った。「引退したロス市警警官。彼は自慢をしないでしょうから、わたしから紹介する。旧未解決事件班の創設メンバーのひとりで、実際のところ、ロス市警全体でだれよりも殺人事件捜査の経験がある人」

そののちバラードはボッシュが挨拶と世間話を不器用にこなすのを見守った。ボッシュは長年抱いているFBIへの不信感を隠すのが下手だった。そこでバラードは、班の新人とまだやらねばならない用事があるとアグザフィとラフォントに伝えて、助け船を出し、ボッシュを彼の作業スペースに連れ戻した。

ポッドの端に戻ると、ふたりはそれぞれの作業スペースに入った。バラードは先ほどとおなじように立つと、話をするあいだパーティション越しにボッシュの姿が見えるようにした。

「あれ？」バラードは言った。「スケベひげがなくなっているのにいま気づいた。先週話をしたあとで剃《そ》ったの？」

バラードはそうだと確信していた。そうでなければ、ボッシュの家にいった際に口ひげの欠如に気づいたはずだ。ボッシュは顔を赤らめ、いまのバラードのコメントをアグザフィとラフォントが聞いているかどうか確かめようとポッドの反対側に目を走らせた。それから口ひげがなくなっているのを確認するかのように、親指と人さし指で上唇をこすった。

「白くなりかけていたんだ」ボッシュは言った。

それ以上の説明はなかった。だが、ボッシュとはじめて会ったときにはすでに白髪まじりになっていたのをバラードは知っていた。

「マディはよろこんだでしょうね」バラードは言った。

「娘はこうなったのを見ていない」ボッシュは答えた。

「そうか、彼女はどうしているの？」

「おれの知るかぎりじゃ、元気にしてる。働きづめだ」

「アカデミーを出てハリウッド分署に配属されたと聞いた。幸運な子ね」

「ああ、深夜勤になった。で、その遺伝子系図学調査ってやつだが、うまく使えてるのか？」

ボッシュが個人的な質問を気まずく思い、その話題を変えるために別の話題にすがろうとしているのがバラードには明々白々だった。

「それについては心配するにはおよばない」バラードは言った。「すぐれた調査であり、効果も高い。だけど、科学調査であり、費用が嵩《かさ》むの。ちゃんと狙いを定める必要がある。この場所全体を寄贈してくれたアーマンスン財団から助成金を受け取っているんだけど、フルスケールでの遺伝子調査は、ロス市警の外部に依頼すると、約一万八千ドルかかる。だから、賢く選択する必要がある。その調査は、トムとリリア、それからあなたがたぶんあした会うだろうもうひとりの捜査員に任せている。通常のDNA分析は、いまでは全部市警のなかでおこなわれているので、思いどおりにできる。こうしたものがあるので、うちは順番に並んで待てばいいだけ。それから毎月一回使用できる順番の最前列に立てる権利もある。本部長がその権利を与えてくれた。また、わが班の事件に専門で取り組んでくれる鑑識技官もひとり割り当ててくれた」

「親切なことだ」

「ええ、あなたのオリエンテーションに戻りましょう。予備警察官とボランティアにわたしが求めているのは、少なくとも週に一日は出勤してもらうこと。大半の人はそれ以上出てきてくれているけど、月曜から木曜まで少なくともひとりは出てきてもらうよう割り当てている。わたしはフルタイムで働き、月曜日はトムとリリア、火曜日はポール・マッサーとコリーン・ハッテラス、水曜日はルー・ロウルズ、それからあなたは……木曜日はどうかしら。たぶんそれ以上に出てきてくれるとは思うけど。班員の大半がそうしてくれている」

「ルー・ロウルズ――ほんとにその名前なのか？」

「いいえ。それに彼は黒人でもない（ルー・ロウルズという名の有名な黒人のR&B歌手がいた）。本名はテッド・ロウルズ。警官を十年つづけると、そのわかりやすいあだ名から逃れることが不可能になったのね。だから、いまだに彼をルーと呼ぶ人がいて、彼もそれを気に入っているみたい」

ボッシュはうなずいた。

「知っておいてほしいんだけど」バラードは、身をかがめ、パーティション越しにほとんど聞こえないように声を低めて言った。「ロウルズは、わたしが選んだんじゃない」

ボッシュはもっと声をしっかり聞きとって、この密談を成立させようと、椅子を転がして机に近づけた。

「どういう意味だ？」ボッシュは訊いた。

「この班に予定された人員枠よりも志望者のほうが多いの」バラードは言った。「本部長は、わたしに欲しい人間を選ぶゴーサインを与え、わたしはそのとおりにしたんだけど、ルー・ロウルズはパールマンの選択だった」

「市会議員の」

「パールマンはこの件の出資者特権を持っている、彼と彼の統括秘書は。市議の妹がらみであり、政治がらみでもある。パールマンは市会議員よりも上にいく野望を抱いており、この班の成功がその助けになりうる。そのため、彼はロウルズを放りこんできて、わたしは受け入れざるをえなかった」

「おれはその男の名前を聞いたことがないし、そんな名前だったら忘れないはずだ。元ロス市警の人間ではないんだろ？」

「ええ、元サンタモニカ市警の人間で、辞めたのは十五年まえ。だからたいして役に立たないし、手取り足取り教えてやらなきゃならない。なにが言いたいかというと、ロウルズはパールマンとヘイスティングスに直結している人間なの」

「ヘイスティングス？」

「ネルスン・ヘイスティングス、パールマンの統括秘書。三人は親友かなんかみたい。ロウルズはサンタモニカ市警に十年勤めて辞めると、商売をはじめた。だから、これはロウルズにとってはたんなるサイドビジネス」

「どんな商売なんだ？　そいつは私立探偵なのか？」

「いえ、普通の商売。いわゆる宅配便の店をたくさん抱えている。ＵＰＳやフェデックスみたいな宅配業。市内全域に取扱店を抱えて、流行《はや》っている。高級車に乗り、サンタモニカのミッドタウンの閑静な、いわゆるカレッジ・ストリート地区に家を構えている（プリンストン、ハーヴァード、イェール、スタンフォードという有名大学とおなじ名の付いたストリートが並んでいる）。それにわたしの推測では、ロウルズはパールマンの有力な選挙活動支援者のひとりだと思う」

　ボッシュはうなずいた。話が見えた。見返りだ。バラードは自分たちのヒソヒソ話がラフォントとアグザフィに気づかれていたのを悟り、背を伸ばし、椅子に腰を下ろした。パーティション越しにボッシュの目がまだ見えていた。バラードは普通の口調でつづけた。

「ポールとコリーンにはあした会うことになると思う」バラードは言った。「このふたりは頼りになる。マッサーは重大犯罪課で働いていた元地区検事補なので、捜索令状や法的疑問や戦略について力になっている。疑問が浮かぶたびに地区検事局に電話をかける必要がないので、彼がチームにいるのはありがたい」

「彼には覚えがある気がする」ボッシュは言った。「それでハッテラスというのは？」

「法執行機関に勤めた経験はない。彼女はチーム内の遺伝子系図学者であり、いわゆる、〝市民探偵〟なの」

「素人か。ほんとに？」

「ほんとよ。彼女はすごいインターネット研究者であり、遺伝情報と言えば、インターネットが頼りなの。ＩＧＧ――それがなにか知ってるかしら？」

「えーっと……」

「調査的遺伝子系図学《インヴェスティゲーティブ・ジェネティック・ジニアロジー》。容疑者のＤＮＡを遺伝子系図調査のウェブサイトであるＧＥＤマッチにアップロードする。そこはたくさんのデータベースにアクセスしているサイトなの。で、じっと座って、ヒットするのを待つ。それについてはあなたは知っているはず。個人情報保護がうるさく言われるまでは、未解決事件捜査で大きなトレンドになっていた。いまは限られた資源になってしまったけど、追求する価値は残っている」

「ゴールデン・ステート・キラーを逮捕した方法だろ？」

「そのとおり。DNAを入力し、運がよければ、親族とのつながりが浮かび上がってくる。こっちに四従兄弟《よいとこ》がいて、あっちにだれも知らない兄弟がいたとする。そうするとソーシャル・エンジニアリングが必要になる。オンラインでコンタクトして、家系図を描き、一本の系統が目指している相手につながることを期待する」

「そしてきみは民間人にその調査をさせている」

「彼女は専門家なの、ハリー。彼女にチャンスを与えてほしい。わたしは彼女を気に入っており、わたしたちの役に立つ働きをしてくれるだろうと思ってる」

ボッシュが目をそらした瞬間、そこに懐疑心がまざまざと浮かんでいるのをバラードは見て取った。

「なに?」

「これはみんなポッドキャストで配信して終わりになるのか? それとも本気で立件するつもりなのか?」

バラードは首を横に振った。ボッシュがそんなふうに振る舞うだろうとわかっていた。

「あのね、ハリー」バラードは言った。「あなたは彼女といっしょに働く必要はないけど、賭けてもいい、最終的にはそうしたくなるから。それには確信があるの。わかった？」

「わかった」ボッシュは言った。「トラブルを起こすつもりはない。ここに来られて嬉《うれ》しく思っている。きみがボスであり、おれはボスにはけっして逆らわない」

「へえ、そうなの。そんなことをあなたが守るはずがないと思うけど」

ボッシュは部屋とポッドを見渡した。

「じゃあ、おれが最後のひとりなんだ」ボッシュは言った。

「だけど、わたしが最初に望んだ人なの」バラードは言った。「あなたを訪ねるまえにすべてを整えておく必要があったというだけ」

「それにおれを入れて問題ないか確かめる必要があった」

「まあ、それもあった」

ボッシュはうなずいた。

「で、ここではどこでコーヒーを手に入れればいいんだ？」ボッシュは訊いた。

「コーヒーと冷蔵庫のあるキッチンがある」バラードは言った。「そこを通って――」

「おれが案内する」ラフォントが言った。「おれも一杯やる必要がある」

「ありがとう、トム」バラードは言った。

ラフォントが立ち上がり、だれかほかにコーヒーを飲みたいものがいるかどうか訊いた。バラードとアグザフィは断り、ボッシュはラフォントのあとを追って、資料室の前方へ向かった。

バラードはふたりの背中を眺めながら、ボッシュが元ＦＢＩ捜査官と仲よくして、初出勤の日に諍《いさか》いを起こさないよう願った。

3

ボッシュは、古いファイルや殺人事件調書を調べ、以前には検討されていなかった事件の動きを考えようとするとき、自宅でひとりでいることに慣れていた。ほぼ無言の作業だった。いまやふたたび刑事部屋で働き、目のまえの仕事に集中できるよう、まわりの会話に耳を貸さずにいるスキルを学び直さねばならなくなっていた。

バラードが役に立たないプライバシー用パーティションの向こう側で電話をかけ、自分の仕事の政治的要求に取り組んでいる一方、ボッシュはこれまでのところ成果を生んでいないサラ・パールマン捜査記録を収めている三冊の調書の一冊目をひらいた。

ボッシュは第一巻と記されたバインダーからはじめ、すぐに目次をひらいた。事件現場と鑑識の写真はすべて第三巻に収められていると書かれていた。ボッシュはまずその巻に移行した。写真から手をつけたかったのだ。事件についてなにも知らぬまま、一九九四年六月十一日の朝、捜査員たちが見たものを見たかった。その日の朝、サラのめった刺しにされた死体が、ハリウッド・ヒルズのマラヴィラ・ドライブにある自宅のベッドの上で発見されたのだった。

第三巻の殺人事件調書には、リングに留められた何枚かの透明なビニール製スリーブが含まれており、それぞれに2L判のカラー写真が表と裏に二枚ずつ入っていた。写真は標準的な露出オーバーのカラー写真で、血液は暗紫色に見え、白い肌は雪のように白くなり、被害者から人間味を奪っていた。サラ・パールマンは、レイプ犯に首を絞められ、刃物で刺されて残忍に命を奪われたとき、まだ十六歳だった。最初のスリーブに入っている写真では、サラの死体がベッドの上で四肢を広げて横たわっており、身にまとっていたネルの寝間着が顔を覆うために引っぱり上げられ、腹部があらわになっていた。その寝間着の位置は、殺人犯が被害者に顔を見られないようにしたためだと最初ボッシュは思った。だが、写真スリーブをめくっていくにつれ、少女が襲われて殺されてから寝間着が引っぱり上げられたのが明らかになった。後悔から来る行動としてボッシュは認識した。殺人犯は、もはや目にしなくてすむように被害者の顔を覆ったのだ。

被害者の胸と首に多数の刺し傷があり、血液がシーツと掛け布団に染みこみ、死体のまわりで凝固していた。その試練のどこかの時点で、被害者が首を絞められたことが、首まわりの傷から明らかだった。兵役と警察に勤めていた歳月を数えると、ボッシュは半世紀以上、不自然な死因を目にしてきたことになる。人類が同類に与える悪行と残忍さを見るのに慣れたとは言いがたいが、そうした暴力の爆発を逸脱行為として考えるのを止めて久しかった。人間の善良さを信じる気持ちをほぼ失っていた。ボッシュにとって暴力は常軌を逸するものではなかった。それは常軌だった。厭世的《えんせいてき》な世の中の見方だとボッシュはわかっていたが、五十年間、血まみれの戦場であがいてきた結果、ほとんど希望は残っていなかった。殺人の黒いエンジンは、けっしてガス欠に陥ることはない、とボッシュはわかっていた。自分が生きているあいだは。人の生きているあいだは。

ボッシュは写真をめくりつづけ、それらを心に永久に焼き付けた。これが自分のやり方だとわかっていた。それがボッシュを怒らせるやり方であり、写真でしか見ていない被害者と説明の付かぬ結び付きを与えるやり方だった。その怒りがボッシュの必要としている炎を燃え上がらせる。

事件現場写真の次に現れたのは、証拠品の写真だった。証拠や証拠の可能性のある物、それぞれの写真。そこにはベッドのヘッドボードの上にある壁や、被害者の真上の天井に飛び散った血痕の写真、床に捨てられた被害者の破れた下着の写真、ベッドの掛け布団の折り目から見つかった歯列矯正用リテーナーの写真が含まれていた。

潜在指紋担当技官によって確認され、粉を振ってからテープで採取された指紋の写真が何枚かあった。それらの指紋は被害者のものと一致するだろうとボッシュはわかっていた。この寝室の住人は彼女なのだから。当初の担当捜査員が記したメモがそのことを裏付けていた。だが、掌紋の下半分と思《おぼ》しき一枚の写真には、UNKと記されていた。未詳《アンノーン》。その掌紋があった場所は、窓敷居《まどしきい》であり、敷居に付いている掌紋の位置から、窓を通り抜けて入ってきた何者かによって残されたものであることを示唆していた。

一九九四年当時、部分的な掌紋は容疑者の掌紋と直接比較されない場合、役に立たなかったはずだ。当時、ボッシュは殺人事件捜査を担当しており、そのころは掌紋のデータベースが存在していなかったのを知っていた。三十年近く経ったいまも、比較対象のため、ファイルあるいはデータベースに入っている掌紋はほとんどなかった。

ボッシュはパーティション越しにバラードを見た。彼女はダウンタウンに数百戸の共同住宅を建設したことで知られている地元の実業家との電話を終えたところだった。バラードは実業家に未解決事件班の活動の大義を語り資金面での支援への参画を要請していた。

「どうだった？」ボッシュは訊いた。

「どうだろう」バラードは言った。「小切手を切ってくれるかどうか、そのうちわかる。ロス市警基金から過去の寄付者のリストをもらっているの。毎日二、三人には電話するようにしてる」

「この仕事にサインしたとき、そんなことをすることになるとわかっていたのかい？」

「全然。だけど、気にしてない。人をやましい気にさせてお金を出させようとしているようなもの。未解決犯罪の被害者が知り合いにいる人がどれほど多いのか、驚くほど」

「おれは驚かないと思う」

「ええ、わたしも驚かないでしょうね。パールマン事件の様子はどう？」

「まだ写真を見ているところだ」

「あなたはそこからはじめるんだよね。ひどい様子でしょ」

「ああ」

「最初の印象はどう？」

「まだ印象を摑《つか》んでいない。もう一度見てみたい。だけど、例の掌紋だ――部分的な掌紋。最新のデータベースで調べてみたんだろ？」

「ええ。まっさきに。なにも出てこなかった」

ボッシュはうなずいた。それは驚くことではなかった。

「で、ＶｉＣＡＰは？」

「なにもなし――該当ゼロ」

ＶｉＣＡＰは、暴力犯罪と連続犯のデータベースを含むＦＢＩの検索プログラムだった。だが、完全なデータベースではないのが広く知られていた。多くの捜査機関は、ＶｉＣＡＰ調査票に記入するのに時間がかかるせいで、捜査員に事件の入力を求めていなかった。

「写真を見ていると、これが一回こっきりの犯行だとは信じがたいな」

「おなじ意見。ＶｉＣＡＰ以外にも、サンディエゴからサンフランシスコまでの未解決事件班に電話をかけてみた。該当なし、類似事件なし。あなたの旧友のリック・ジャクスンにすら電話してみた。彼はいまサンマテオ郡で未解決事件に取り組んでいる。その郡でわたしのために聞きまわってくれたけど、ダメだった」

ジャクスンはボッシュと同時代の元ロス市警殺人事件担当刑事だった。

「リックはどうしてる？」ボッシュは訊いた。

「次々と事件を解決しているようだった」バラードは言った。「ここでもそうなるといいな」

「心配するな。そうなる」

「さて、聞いて。毎週月曜日にわたしは市警本部へ出かけ、強盗殺人課の指揮官である警部と会い、この班の活動内容や予算やその他もろもろについて報告することになっている。おそらくその曜日は家に帰るまでわたしはダウンタウンにいることになる。それで問題ない？　なにか必要ならトムとリリアが手伝ってくれる」

「大丈夫だ。資料を持ち帰ることに関する決まりはあるのか？」

「ここから殺人事件調書を持ちだしてはならない。未解決事件の調書すべてをおなじ場所に集めた意味がなくなる、みたいなもの。わかるでしょ？」

「了解だ。複写機はあるのか？」

「ファイルをコピーしないで、ハリー。そのことで警部と揉《も》めたくないの」

ボッシュはうなずいた。

「いいわね？」バラードが言った。「本気だから」

「わかった」ボッシュは言った。

「オーケイ、では、よい狩りを。あしたも出てくるんでしょ？　無理強いしているわけじゃないわよ」

「出てくると思う」

「けっこう、じゃあ、そのときに」

「わかった」

ボッシュはバラードが出ていくのを見守ったのち、ポッドの端に目を向け、ラフォントとアグザフィの様子をうかがった。パーティションの向こうにふたりの頭頂部だけが見えた。ボッシュは作業に戻り、事件現場写真をふたたびめくって、そのイメージを永久に記憶に刻みこもうとした。いったん写真を見終えると、調書の第一巻を取りだし、最初から見直しはじめた。

事件の当初の捜査員は、デクスター・キルマーティンとフィリップ・ロスラーだった。ボッシュはふたりの名前を聞いたことがあったが、人となりは知らなかった。ふたりは、市内の重要事件を扱う強盗殺人課の所属だった。ボッシュは、ふたりがつけていた時系列記録に取りかかった。それによると、六月十一日の朝、事件に出動したのはハリウッド分署殺人課の刑事たちだったが、すぐに強盗殺人課のヘビー級刑事たちに引き継がれたのがわかった。ハリウッド・ヒルズに住む十六歳の未成年に対する性犯罪であり、マスコミの大きな関心を呼ぶはずだったからだ。

ボッシュは当時ハリウッド分署に配属されていたが、ボッシュとパートナーのジェリー・エドガーのローテーションではなかったため、事件の初動には関わらなかった。だが、その事件のことと、強盗殺人課にすぐさまかっさらわれたことは、おぼろげに覚えていた。まさか、この事件がたった一日しか、マスコミの注目を浴びなかったことになるとは、だれも知るよしがなかった。事件翌日の夜、フットボールの偉大なる選手にしてそれほど偉大ではない俳優O・J・シンプソンの元妻が、知人とともにブレントウッドで殺されていたのを発見され、すべてのマスコミの関心をパールマン事件だけでなく、市内のほかのあらゆる事件から吸い取ることになろうとは。ブレントウッドの殺人事件は翌年以降もマスコミの激しい精査にさらされ、サラ・パールマンへの関心はまったく残っていなかっただろう。

関心を抱いていたのは、キルマーティンとロスラーだけだった。ボッシュの見立てでは、時系列記録は、ふたりが正しい行動を取ったことを示していた。いちばん重要なのは、この事件が見ず知らずの他人による殺人事件かどうかを軽々に判断するのを控えたことだ。殺人犯が被害者の寝室の鍵がかかっていなかったかあいていた窓から侵入したという事実は、侵入者が被害者にとって見ず知らずの人間だった可能性が高いことを示唆しているが、だからといって刑事たちは徹底した現場検証をせずにすます判断を下さなかった。彼らは被害者の身元調査を広範におこない、数多くの友人や家族から話を聞いた。サラはハンコック・パークにある私立女子校に通っていた。学校は夏休み期間だったが、捜査員たちは数日かけてクラスメートや友人、教職員をさがしだして、聞き取り調査をおこない、少女の世界と社会生活の見取り図を徹底的に描きだそうとした。殺人事件が起こるまえの週、サラは、メルローズ・アヴェニューにある〈トミー・タン〉という名のレストランで出迎え係として夏休みのアルバイトをはじめた。まえの年の夏に、その人気タイ料理店で働いていたので、何人かの従業員とはすでに顔見知りで、好かれていた。店の従業員たちも聞き取り調査をされた。刑事たちはサラが働いていた日に発行されたレストランのクレジットカードのレシートまで調べた。刑事たちは数名の顧客を追跡し、聞き取りをおこなったが、容疑者レベルまで浮かび上がってくる人間はだれもいなかった。

捜査は被害者の両親にも及んだ。サラの父親は弁護士で、大規模な不動産取引を専門にしていた。刑事たちは父親の弁護士業務と商取引に関わる大勢の人間に話を聞いた。そのなかには、彼の仕事に不満を抱いたかもしれぬ依頼人や、交渉が難航した相手側も一部含まれていた。だれも容疑者として浮かび上がらなかった。

最後にサラの元彼が登場した。亡くなる四ヵ月まえ、サラはブライアン・リッチモンドという名のボーイフレンドと、短いあいだつきあったのち、別れていた。サラの学校とおなじハンコック・パークにある男子校とのあいだで毎年ひらかれる交流会で出会ったのだ。ブライアンは徹底的に取り調べられたが、最終的には身の証《あかし》が立った。サラとの関係を解消し、新しい彼女を作ってデートを重ねていたのだ。

殺人事件当時、サラの両親はカーメルでゴルフ休暇を取っており、ペブル・ビーチとその周辺のゴルフ・コースでプレーしていた。サラは二歳年上の兄、ジェイクといっしょに自宅にいた。事件が起こった金曜日の夜、サラはレストランで働いて、午後十時ごろ、マラヴィラにある自宅に戻った。彼女は運転免許を持っており、母が不在のあいだは母の車を運転していた。ジェイク・パールマンは恋人と外出していて、夜中まで帰らなかった。母親の車は車庫にあり、妹の寝室のドアは閉まっていた。ジェイクはドアの下に明かりが見えなかったので、妹は寝ているのだろうと思って、邪魔をしなかった。

翌朝、サラの母親が子どもたちの様子を確認するため、家に電話をかけた。ジェイクは、まだサラの姿を見ていない、と母に言った。午前十一時になろうとしていた時刻だったため、母はジェイクに妹の部屋にいき、電話で話をできるよう、起こしてほしいと頼んだ。その頼みを聞いたところ、ジェイクは、サラが自室のベッドで残忍にも殺害されていたのを発見し、一家の悪夢がはじまった。

調書第一巻に含まれている数多くの聞き取り調査の要約に目を通しているあいだ、ボッシュはメモを取らなかった。元の捜査は徹底したもので、完全なものに思えた。見過ごされていたり、追加の捜査が必要だったりするものはなにも見当たらなかった。以前に未解決事件班で働いていたおり、事件を見直していて、殺人事件捜査としては不十分または手抜きをしていると思えることが往々にしてあった。サラ・パールマンの場合、そういうことはなかった。キルマーティンとロスラーは、事件に真摯に取り組み、手を抜いていないようにボッシュには思えた。それにそのことをさらにボッシュに印象づけたのは、彼らが捜査していたときには被害者は有力な政治家と関わりがなかったという事実だ。そうなるのは、何年も経ってからだった。

二時間、目を通してからボッシュは殺人事件調書の第二巻に移り、そのバインダーには、三十日後、九十日後、半年後、そして事件が公式に未解決で進展のないものとして分類されるまでの五年間、毎年更新された事件の最新状況要約書が収められているのに気づいた。容疑者どころか参考人すら現れず、サラが殺害犯を知っていたかどうかの判断も下されなかった。

バインダー第二巻の後半は、長年にわたって保管されてきた被害者家族やほかの人々からの問い合わせの記録が収められていた。それによると、七年後に止まるまで、サラ・パールマンの両親は幾度となく最新の状況を問い合わせていた。その後、問い合わせは、ジェイク・パールマン市会議員に引き継がれ、あるいは、彼の統括秘書であるネルスン・ヘイスティングスによっておこなわれていた。この移行は、サラ・パールマンの両親が娘のために司法の裁きがおこなわれるのを目にすることなく亡くなったことを示すのだろう、とボッシュは受け取った。

第二巻に目を通し終えて、第三巻の写真に戻り、ビニール製のスリーブ越しにゆっくりとページをめくっていき、もう一度サラの寝室になにか見逃した手がかりまたは証拠になりそうなものをさがそうとした。

ようやく鑑識の証拠写真と最後のスリーブにたどりついた。そこには潜在指紋担当技官が部分的な掌紋をテープで採取した指紋カードの写真が入っていた。ボッシュがそのカードに目を凝らしていると周辺視野にだれかの気配を感じ、顔を上げたところ、トム・ラフォントが自分の作業スペースを離れてこちらにやってくるのを目にした。

「万事順調かい？」ラフォントが訊いた。

「ああ、そうだな、順調だよ」ボッシュは言った。「こいつに目を通しているだけだ」

ラフォントにじっと見られていてボッシュは落ち着かない気分になった。

「彼女はあんたに例の大事件を任せたんだろ？」ラフォントが言った。

「どういう意味だ？」ボッシュは訊いた。

「市会議員の妹の事件さ。われわれがそれを解決しないと、あまり長くはここをつづけられない気がしているんだ」

「そう思うか？」

「まあ、バラードは電話で議員とずいぶん話している。ほら、ここでわれわれがやっていることを事細かに伝えているんだ。電話の会話はいつも議員の妹の話に戻るみたいだ。だから、まちがいなく、バラードはプレッシャーをかけられている」

ボッシュはたんにうなずいた。

「われわれがやるべきことは見つかったのか？」ラフォントは迫った。「あの事件を解決したいんだ」

「まだだ」ボッシュは言った。「まだ目を通している段階だ」

「幸運を。あんたにはそれが必要だろう」

「連邦警察ではなにをやってたんだ？　ＬＡ支局にいたのかい？」

「サンディエゴ支局を振り出しに、サクラメントとオークランドで勤めたあげく、ここに落ち着いた。重大犯罪課にいた。勤続二十年で退職したよ。銀行強盗を追いかけるのに嫌気がさしたとでも言おうか」

「それはわかる気がする」

「リリアとおれは、もうここで切り上げる。ここへようこそ。また来週」

「来週会おう」

ボッシュはラフォントとアグザフィが荷物をまとめ、出ていくのを見ていた。少し待ってから、腰を上げ、複写機をさがしにいった。

資料室の出入口でボッシュは立ち止まり、一本の通路に目を向けた。通路の両側にある棚には殺人事件調書が並べられていた。新しい青色のバインダーもあれば、色褪《いろあ》せたバインダーもあった。いくつかの事件は白いバインダーに収められていた。ボッシュは通路に歩を進め、ゆっくりと調書のまえを歩いた。通りすぎながら左手の指でプラスチック製のバインダーの背をなぞる。どのバインダーも未解決のままの殺人事件の物語を収めている。ここはボッシュにとっての聖地だった。失われた魂の図書館。ボッシュやバラードやほかの捜査員が解決しようにも多すぎる調書がある。苦しみを和らげようにも多すぎるのだ。

通路の端まで来ると、ボッシュは回れ右をして、反対側の列に沿って歩いた。そちらの棚もおなじように事件が並べられていた。天窓から午後の陽光が射《さ》しこみ、不審死に自然光を当てていた。ボッシュはふと動きを止め、じっと佇《たたず》んだ。失われた魂の図書館にあるのは静寂のみだった。

4

バラードはヒルハーストのドッグケアハウスにピントを迎えにいき、リードを付けて、自宅マンションまで散歩させた。ピントは体重四・五キロのチワワ・ミックス犬だったが、体内時計にこの散歩の終わりに夕食が待っているのを告げられ、リードを強く引っ張ることに成功していた。

マンションの建物の入り口に通じる階段にたどりついたとき、携帯電話に着信があり、バラードは発信者IDにボッシュの名前が表示されるのを見た。

「ハリー？」

背景に音楽が聞こえた。ジャズだ。ボッシュは家にいるのだろう、とバラードは推察した。

「やあ。いまどこにいる？」ボッシュは訊いた。

「自宅マンションの入り口に入ろうとしているところ」バラードは言った。「それはなに？　いい音楽ね」

「『クリフォード・ブラウン・ウィズ・ストリングス』だ」

「で、資料に目を通し終えたの？」

「終えた。二度見返した」

「それで？」

「それで最初の捜査担当チームは、いい仕事をした。正直言って、ほんとうにいい仕事だった。不備は見当たらなかった」

バラードはボッシュがその事件を解決してくれることや、あるいは当初の捜査の不備を見つけることに本気で期待はしていなかった。バラード自身、事件のファイルに目を通していて、調査漏れや確認漏れはいっさい見当たらなかった。

「まあ、見てみる価値はあった」バラードは言った。「市議に連絡し、伝えるつもり、われわれが事件を見直した結果——」

「いま掌紋の写真を見ている」ボッシュが言った。「部分的な掌紋を」

「いま見ているというのはどういうこと？　自宅にいるもんだと思ってたけど」

「家にいるよ」

「ということは、やらないでと言ったのにコピーを取ったんだ。出勤初日にすばらしいわ、ハリー。もうあなたは――」

「おれの考えを聞きたいのか、それともルールを破ったことでクビにしたいのか？」

バラードはしばらく押し黙ったあげく、ボッシュの違反行為を見逃すことにした。

「けっこう。考えを聞かせて」

「これはただの写真だ。実際の掌紋を採取したカードがまだあるんだろうか？　それともデジタル処理されたのち廃棄されたのか？」

「カードは廃棄されない。デジタル照合されたものはすべて紙のカードに採取されたものを用いて目視確認してから裁判所に提出することになっている。それが現在のプロトコル。なぜオリジナルのカードがほしいの？」

「なぜならテープで掌紋を採取した際に、ひょっとしたらテープに――」

「ＤＮＡが付着したかもしれない」

「そうだ」

「うわ、すごいじゃない、ハリー、うまくいくかもしれない。まえにそれを調べたことはあったのかしら」

「調べてみる方法はある」

「あしたいちばんに科学検査ラボに話してみる」

「掌紋を引っ張りださないと――プロトコルがあろうとなかろうと、二十八年経ってまだ残っているかどうか確認してくれ」

「そうする。そして掌紋をラボに持っていく。これはいいわ、ハリー。なんで思いつかなかったんだろう。だけど、あなたをスタッフに加える理由がまさにこれ。このことで、希望が見えてきた。パールマン議員にも希望を与えるでしょう」

「どうだろう、おれなら当たりかどうか判明するまで市議には伝えないな」

「そのとおりね。どうなるかまず確かめてみましょう。どのみち、話をするのは、パールマン本人じゃないでしょうし。彼の統括秘書が成果についてやいのやいのとしょっちゅう言ってくるの」

バラードが電話で時間を費やしている相手に関して、ラフォントの推測がまちがっていたのをボッシュは知った。パールマンではなく、ヘイスティングスだったのだ。

「ああ、ヘイスティングスだな」ボッシュは言った。「殺人事件調書で彼の名前を見た。うまくいけばこれでそいつをおとなしくさせられるかもしれない」

「ハリー、ありがとう」バラードは言った。「あなたをチームに加えたかいがあった。もう成果を出してくれた」

「まだだ。ラボがなんと言ってくるか確認しないと」

「まあ、これであなたはギャラガー事件に取り組めるわね」

「そうだな。はじめるよ」

「当ててみようか、一家の事件で、持っていなかったファイルをもうコピーしたでしょ？」

「まだだ」

「じゃあ、あした、アーマンスンで会いましょう」

「では、あした」

バラードは電話を切り、ゲートの暗証番号を打ちこむと、マンションの建物に入った。

飼い犬に餌を与え、スウェットに着替えてから、近所のイタリア料理店、〈リトル・ドムズ〉に電話してカチョ・エ・ペペ・パスタの持ち帰りを注文した。料理ができあがるまで三十分あったのでキッチン・テーブルの上でノートパソコンをひらくと仕事に取りかかり、指紋からDNAが抽出された事例を見つけようとした。

基本的な検索ではなにも出てこず、バラードは失望した。カウンターに置いていた電話を摑み、ダーシー・トロイの携帯電話にかける。未解決事件班の担当事件を扱うよう任命されたDNA技官だった。

「やあ、どうも」

「ダーシー、調子はどう？」

「なにか頼んでくるんじゃないかぎり、文句は言えない」

「ちょっと訊きたいことがあるの」

「どうぞ」

「指紋または掌紋からＤＮＡが抽出されたことを耳にした覚えはある？」

「法医学学会で話題になったのを聞いたことはあるけど、あなたが言っているのは、それを認める判例の話？」

「いえ、指紋からＤＮＡを抽出することができるかどうかという話に近い」

「指紋は指の脂で付くもの。体液であることに変わりはない」

「掌紋も？」

「おなじ。てのひらに汗をよくかく人間なら、ＤＮＡを手に入れる可能性は大きいでしょうね」

「いまからレイプや殺人のような犯罪をおこなおうとしている人間のように汗をよくかいていたとしたら？」

「そりゃもちろん」

「ロス市警でそれを調べてみる最初の人間になりたい？」

「気分転換になるかも。なにを手に入れたの？」

「なにかを手に入れたとはまだ言えない。だけど、うちのスタッフのひとりが、一九九四年の事件を調べていて――自宅侵入、レイプ、殺人――容疑者の侵入路の窓敷居から掌紋の半分が採取されているのに気づいたの」

「採取方法は？」

「灰色の粉を振って、白いカードにテープで貼った」

「クソ、それは簡単なことにはならないな。あの粉は脂を吸収してしまったでしょうし、当時使われていたテープは役に立たないでしょう。だけど、見てみることはできる」

「あすの朝イチで、わたしは指紋課にいって、引き取ってくる」

「まだ残っていればの話」

「残っているはず。未解決事件なの。RDOは出てない」

ロス市警は、事件が解決し、捜査が完了したときにのみ、記録廃棄命令《レコード・ディスポーザル・オーダー》を出していた。

「まあ、見つかったら、持ってきて。今月の最優先パス該当案件にも数えないでおく。たんにこれがじつに目新しいものだからね」

「断れない取引のようね。あなたの気が変わらぬうちに電話を切るとしよう」

ふたりの女性は笑い声を上げた。

「じゃあ、あした、ダーシー」

バラードは電話を切り、時刻を確認した。頼んでいた料理を取りにいかねばならなかった。リードを摑み、ピントのカラーに引っかけると、出かけた。〈リトル・ドムズ〉は二ブロック先にある。そこのレストランの人間は、毎週対面のテイクアウト注文をする人間としてバラードのことをよく知っていた。そこはこの近所に引っ越してきて以来、バラードのいきつけの店だった。料理はできあがっていて、まだ温かい状態で待っていた。ピント用のドッグ・ビスケットすら添えられていた。

5

太陽がまだ空の低いところにあるうちに目的地にたどりつきたかったので、ボッシュは夜明けまえに自宅を発《た》った。まだ交通量のとても少ないうちにフリーウェイ210号線に乗り、東へ向かい、15号線にたどりつくと、北東へ進路を変え、ラスヴェガスへ向かう車の流れに加わった。だが、ネヴァダ州との州境の手前で、方向を変え、デスヴァレー・ロードを北上すると、モハーヴェ砂漠に入った。道路は藪《やぶ》と砂しかない荒涼とした土地を横切る。遠くに低地の塩田が朝日を浴びて雪のように白く輝いていた。

テコパへ向かうオールド・スパニッシュ・トレイルで、ボッシュはインヨー郡保安官事務所に通じる非常用電話と、太陽電池パネルで電力を供給する携帯電話基地局が設置されている道路脇へ車を停めた。ドジャースのキャップをかぶり、日の光を浴びて車を降りる。午前七時だが、携帯電話によれば気温はすでに二十六度を超えていた。ボッシュは基地局を通り過ぎて、十メートルほど藪のなかに入った。その場所は簡単に見つかった。一本のメスキートの木がまだそこにあり、その木は石を積んだ四本の柱に影を落とし、部分的に隠していた。柱はたがいに重なり合い、墓が見つかった場所を示すある種の彫刻になっていた。石柱の三本は、時の経過で風化し、砂漠の風あるいは地震で崩れ落ちている。

ボッシュにとってそこは聖地のひとつだった。そこで一家全員が生涯を終えた。父と母と娘と息子が殺害され、石と砂のなかに埋められ、カリフォルニア州立大学の地質調査隊が気候変動の証拠を求めて近くの塩田に来なければ、けっして発見されなかっただろう。

石とメスキートの木の幹のまわりにおびただしい花が咲いているのにボッシュは気づいた。どの花も、黄色いボタン状の中心が白い花弁に囲まれている。花は地面を這《は》うように咲いており、おそらくはメスキートの木から影を落としてもらうだけでなく水も汲《く》み上《あ》げているのだろう。ボッシュはその木が水を見つけるため石と砂と塩を縫って二十メートル下まで根を伸ばせることを知っていた。メスキートは、過酷極まりない環境でも堂々と立っていられるように造られているのだ。

ボッシュは長居をするつもりはなかった。だが、ここが今回着手した仕事の出発点にならねばならないとわかっていた。再度奈落に入っていくまえに、この事件に対する自分の根底にあるものを見いださねばならなかった。感情の核を。そして、自分がいまそこに立っている、とまちがいなくわかっていた。マスコミやほかのだれもがこの事件をギャラガー事件と呼んでいた。だが、ボッシュはけっしてそう呼ばなかった。そんなふうに矮小化《わいしょうか》できなかった。ボッシュにとって、この事件はギャラガー一家の事件だった。家族全員が殺されたのだ。一家は夜中に自宅から連れ去られた。たまたまその一年後、ここで発見された。

花のなかにしゃがんでボッシュは石柱を立て直しはじめた。慎重に積み重ねていき、ふたたびしっかりバランスを保つようにする。古びたジーンズとワークブーツというでたちだった。積み直す際に重めの石に指を挟まないよう注意する。結局、自然の力でここでの自分の作業が無に帰すのはわかっていたが、事件を再構築しはじめるに際して、この石の庭も再構築する必要を感じていた。

もう少しで作業が終わろうとしていたとき、背後の道路に車がやってきて、舗装路を離れて砂と石を踏みしだいたあげく、停車するのが聞こえた。ボッシュは肩越しにその白いSUVに記された所属機関名を見た――インヨー郡保安官事務所。

制服姿のひとりの男が藪を通ってボッシュに近づいてきた。

「ハリー」男は言った。「こいつは驚きだ」

「ベト」ボッシュは言った。「おなじ言葉を返すぞ。たまたま人里離れたこんなところに通りかかったのか？」

「いや、二年まえ、道路沿いの太陽電池パネルにカメラを設置したんだ。アラートを受け取った。一台の車が停まったのをカメラで見たところ、あんただとわかった。ひさしぶりだな、兄弟」

「ひさしぶりというのは、まさにそのとおりだ」

ベト・オレステスは、八年まえ、砂漠で死体が発見されたという通報に最初に出動したインヨー郡保安官事務所の捜査員だった。その悲惨な発見は、オレステスとボッシュのあいだに、またふたりが所属する捜査機関のあいだにまれなパートナー関係を築くきっかけとなった。ギャラガー一家に対する犯行はロサンジェルスでおこなわれたが、遺体はインヨー郡で発見された。ロス市警が事件捜査を主導したが、事件現場の捜索はオレステスに率いられた彼の部署でおこなわれた。なぜ砂漠のこの場所が選ばれたのか、それがまったく偶然におこなわれたのかあるいは容疑者の特定や容疑者に結びつけるのに役立つ可能性のある判断によるものなのか、付随的な捜査がおこなわれた。結論は出なかったが、徹底的な捜査であり、オレステスの事件への取り組みにボッシュは感心した。

　数週間、数ヵ月が経過するにつれ、インヨー郡の捜査への関与はどんどん少なくなっていった。オレステスの上司たちは、この事件を不都合なことに管轄権をもつロサンジェルスの事件と見なした。オレステスはほかの捜査と責務を負わされた。一方、ボッシュもこの捜査にフルタイムで当たる立場から外され、退職するまでほかの未解決事件を渡されることになった。ふたつの捜査機関が手を引き、未解決事件班が解散したため、ギャラガー一家事件は、両者のあいだにできたひび割れから転落してしまった。

「一年ほどまえにあんたがどうしているか確かめようと電話したら、引退したと言われた」オレステスが言った。「なのにおれたちがずいぶんまえにこしらえた石の庭にあんたがいるじゃないか」

「おれはこの事件の捜査に戻ったんだ、ベト」ボッシュが言った。「ここからはじめるべきだと思った」

「あんたを連れ戻したのか？」

「ボランティア・ベースでな」

「そうか、おれになにかできることがあるなら、連絡の取り方はわかってるだろ」

「ああ」

ボッシュは立ち上がり、ズボンの埃《ほこり》を払った。ここでの用は済んだ。オレステスが手を伸ばし、花の一本を摘んだ。

「こんなにも美しい花がこの場所に存在できるなんて、なかなか信じられない」オレステスは言った。「この世に神はいないと人は言うが、おれに言わせれば、神はまさにここにいる」

オレステスは茎を指でまわした。花は風車のように回転した。

「その花がなんなのか知ってるか？」ボッシュは訊いた。

「もちろんだ」オレステスは言った。「砂漠の星《デザート・スター》と呼ばれている」

ボッシュはうなずいた。その花が地上に降りた神であることに納得はしていなかったが、オレステスの言い分は気に入った。

ふたりはそれぞれの車に戻りはじめた。

「マクシエーンはどうなってる？」オレステスが訊いた。「やつはどこかで顔を覗かせているのか？」

「おれの知る限りでは現れていないな」ボッシュが答える。「だけど、まだ調べはじめていないんだ。きょうからはじめる」

「ボ、ラ、ン、テ、ィ、ア、・ベ、ー、ス、というのは、実際にはどういう意味なんだ、ハリー？」

「今回の未解決事件班は、専業の警察官ひとりに率いられていて、残りのメンバーはパートタイマーとボランティアなんだ」

「あんたは給料をもらわなくたって捜査をやるようなたぐいの人間だとおれは昔から思っていたぜ」

「まあ、そうだな、そう思う」

ふたりは道路にたどりつき、オレステスはボッシュの古いチェロキーをしげしげと眺めた。

「それはちゃんと走るのか？」オレステスは訊いた。「ラジエーターを満タンにしたかったら、おれは五ガロンの水を運んでるぞ」

「いや、だいじょうぶだろう」ボッシュは言った。「エンジンはしっかりしている。エアコンはそうでもないが。だから、早くに出てきたんだ」

「じゃあ、捜査の状況を教えてくれよな」

「そうする」

オレステスはSUVに向かって進みはじめ、肩越しに一言付け足した。

「おれがくたばるまえにこの事件が解決するところを見たくてたまらないぜ」オレス

テスは言った。

「おれもだ」ボッシュは言った。「おれもだ」

6

バラードは殺人事件資料室に入り、ボッシュが作業スペースにいてギャラガー事件の調書を見直しているものと期待していた。この日の朝、C《パ》・アーウィン《イ》・パ《パ》イパー《ー》・テクニカル《テ》・センター《ク》へ出かけ、DNAラボで得た最新情報をボッシュに伝えるのを楽しみにしていた。だが、ボッシュはいなかった。

ポール・マッサーとルー・ロウルズ、コリーン・ハッテラスはそれぞれの作業スペースにおり、バラードは彼らに挨拶した。ロウルズは彼の出勤担当日より一日早く出てきていた。バラードはそれをロウルズが取り組んでいる事件のひとつで突破口を見いだしたか、あるいはチームのもっとも新しいメンバーであるハリー・ボッシュにたんに会いたがっていることを示していると受け取った。おそらく後者なんだろう、とバラードは判断した。というのも、ロウルズの事件捜査は突破口を見いだしにくく、氷河のようなノロノロとしたペースで動いていたからだ。実を言えば、ロウルズはチームの最初の正規メンバーでありながら、まだひとつの事件も解決に導いていなかった――直接DNAが一致するといった簡単な事件でさえも。

「日曜日のメールに書かれていた新人と会えるものと思ってたんだ」マッサーが言った。

「その予定」バラードが答える。「あるいは、少なくともその予定だった。いま彼がどこにいるのかわからないけど、来ると言ってた。ですから、事件のアップデートをはじめましょう。彼と会うときの現時点のわれわれの状況を確認するの」

つづく一時間、バラードは、ボランティア・スタッフがそれぞれの担当事件と捜査状況について話すのに耳を傾けた。バラードは彼らのたんなる上司ではなかった。班唯一の常勤正規警察官として、チームの責任者であると同時に、いつか法廷で当否を問われ、あるいは行動検討評議会に審査されるやもしれない判断を下す際のメンバーひとりひとりのパートナーでもあった。担当する事件が最終的に法廷制度のなかを進むことになれば、バラードは捜査責任者であり、検察側の証人になるだろう。

ルー・ロウルズが最初にごく短く発言した。バラードから三週間まえに渡された束のなかにある事件をまだ見直しているところであり、DNA分析の依頼を準備中だ、と簡潔に報告した。その報告は先週彼がおこなったのとまったくおなじ内容だった。

ロウルズは班員のなかで唯一押しつけられた人間だったので、バラードは躊躇《ちゅうちょ》なくその仕事の遅さに失望を表明した。

「ねえ、さっさと依頼しなきゃ」バラードはロウルズの報告が終わると言った。「ラボが大量の検査依頼を抱えているのは、みんなわかってる。うちは事件の処理を進めなきゃならないの。市警も市議会も永遠に待ってくれはしない。ここは結果重視の部署。ラボの分析結果を待っていると言うほうが、取り組んでいると言うよりはるかにまし」

「うーん、サラ・パールマンの件で少しでも進展があれば、おれたちが感じているプレッシャーは少なくなると思うんだ」ロウルズは言い返した。

「実際に進展しています」バラードは言った。「ボッシュがここに来たら、その話をします。ほかになにかある、ルー？」

「いや、こちらからは以上だ」ロウルズは言った。

　ロウルズは、バラードに報告を咎《とが》められてむっとした様子だった。

「オーケイ、次はだれが報告する？」バラードはそう言って、先に進んだ。

「わたしから短く」マッサーが言った。「きょうの午後、地区検事局でヴィッキー・ブロジェットと会う約束があるんだ。みんな知ってるように彼女は検事局の未解決事件関係の担当検察官で、ロビンズ事件とセルウィン事件の捜査終了のサインをもらうつもりだ。うまくいけば、きみが書く幹部と議会宛の次の報告書にそのことを入れられるだろう」

マッサーが言った事件とは、DNA鑑定で有罪となった容疑者が、容疑者死亡やほかの犯罪ですでに終身刑に服しているといった酌量すべき情状があることからけっして起訴されない事件のことだった。それらの事件は、地区検事局とその指定審査官の承認を得ないことには、公式に解決済みあるいは捜査終了と分類することができなかった。ヴィッキー・ブロジェットが未解決事件班の頼りの検察官になったことで、これは簡単に処理できるプロセスになったものの、従わねばならない手続きであることに変わりはなかった。そのような事件は、起訴が関わらないせいで、〝別件解決〟として分類されることになる。

ロビンズ事件のDNA鑑定では、別の殺人事件で終身刑に服していたあげくコロラド州の刑務所で死亡した男が浮かび上がった。セルウィン事件もDNAが合致したが、容疑者はまだ存命だった。彼は七十三歳で、サンクエンティン刑務所の死刑囚房にいた。けっして自由の身になることはないだろう。バラードはサンクエンティンまで出かけ、男に事情聴取をおこない、自白を得ようとしたものの、殺人犯は関与を否定した。男のDNAが十三歳の被害者の体内で発見された以上、バラードはひるまなかった。男が犯人であることに疑いを抱かず、バラードは地区検事局に起訴手続きを取るものの、起訴自体は保留するよう頼んでいるところだった。殺人犯がけっして死刑囚房を離れない――少なくとも生きたままでは――のであれば、それがもっとも効果的な手続きの進め方だった。その判断は被害者遺族の同意を得ていた。遺族は愛する家族の恐ろしい死を四十一年後に蒸し返されたいとは思っていなかった。

「ブロジェットがサインをしたらすぐ遺族に知らせたい」バラードは言った。「あなたがやってくれる、ポール？」

「喜んで」マッサーが言った。「ファイルのなかに連絡先を控えている」

表面上、こうした犯罪の加害者たちは真の裁きを免れたように見えていても、被害者遺族への連絡がかならず必要とされている、とバラードは気づいたのだった。多くの事件で、何十年ものあいだ、被害者遺族についてまわっていた謎と苦しみに最終的な回答を与えることは、未解決事件班の崇高な使命だった。これは自分たちに負託された義務であり、軽々に扱ってはならないものである、とバラードはチームの面々に伝えていた。

「オーケイ」バラードはそう言って、さらに先に進んだ。「コリーン、コルテスはどうなってる?」

「まだSNSに取り組んでいます」ハッテラスは言った。「木を育てているところ。徐々に近づいています」

バラードはうなずいた。ハッテラスは遺伝子系図学による事件捜査に取り組んでいた——一九八六年のレイプ殺人事件で、レイプ・キットの拭き取り綿棒から抽出されたDNAは、州および全米データベースで該当者が見つからなかった。次のステップは、その証拠を遺伝子系図データベースに送り、オリジナルのDNA供給者の親族を特定しようとすることだった。ハッテラスはその手順を「木への水やり」と呼んでおり、これまでのところ、ラスヴェガスに住む若い女性につながっていた。ハッテラスは彼女が殺人犯の遠い親族かもしれないと思っていた。その女性に直接連絡を取るまえにハッテラスはSNSを追跡して、家系図を育てるのに役立てようとしていた。彼女から枝を伸ばしていき、最終的に容疑者の特定につながるかもしれないのだ。

「その子孫と直接連絡を取るのはいつになりそう?」バラードは訊いた。

「今週末までには」ハッテラスが答える。「ヴェガスへの航空券を用意してくれたら、点と点をつないでみせるわ」

「用意が整ったら、その要請を出します」バラードは言った。

バラードは打ち合わせの締めにかかった。

「オーケイ、みんな、よくやったわ」バラードは言った。「その調子でつづけて。それから勤務時間をわたしに伝えるのを忘れないで。たとえ仕事の対価が払われなくても、勤務時間の記録がボス連中には要るの。連中は、ただでどれだけ時間を手に入れているのか知りたくてたまらないんだから」

「で、それだけなのかい？」ロウルズが言った。「パールマンの件でラボが手に入れたあらたな手がかりをダウンロードするのに新人が来るのを待たなきゃならないんだろうか？」

その質問でロウルズがパールマン議員の統括秘書であるネルスン・ヘイスティングスからすでに話を聞いているのがわかった。ダウンタウンからここへ移動する車のなかでバラードはヘイスティングスに最新情報を伝えていた。その電話では、パールマン事件にあらたな手がかりが生じたが、ラボから結果が届くまで詳しく話すわけにはいかない、とだけヘイスティングスに伝えていた。バラードは、ロウルズが市会議員事務所とつながっている直接かつ非公認のパイプであることを明らかにする反応を引き起こしたくなった。だが、その対決を保留し、もっといい時期が来るのを待つことにした。

「まあ、成り行きを見守る状況ね」バラードは言った。「だけど、新メンバーの型にはまらない考えのおかげで、かなり確実な遺伝子的手がかりを手に入れた。当初から容疑者が残していったと信じられていた部分的掌紋を含むカードをけさ、パイパー・テクの指紋アーカイブから引っ張りだした。わたしはそれをラボに持っていき、そこでテープがはがされ、掌紋が拭き取り採取され、DNAを入手したの。多くはなかったけど、データベースを通して調べるには十分だった。幸運が味方してくれることを祈るわ」

「わあ」マッサーが言った。「もし合致者が見つかったらすごいぞ」

バラードの関心は、マッサーを通り越して、事件書棚の隣にある通路に向けられた。ハリー・ボッシュがポッドに向かって歩いてきた。彼は埃っぽいブルージーンズと編み上げ式のワークブーツ、脇に汗染みのついたデニム・シャツといういでたちだった。

「噂《うわさ》をすればなんとやら」バラードは言った。

7

ボッシュが未解決事件班のポッドに近づいていくと、四人の視線を浴びた。うち三人はボッシュの知らない人間だった。

「ハリー」バラードが言った。「ついいましがたパールマンの件でチームに最新情報を伝えたところ。掌紋からＤＮＡが採取でき、いま照合作業を急がせている。今週末までに照合結果のイエスかノーがわかるはず」

「それはよかった」ボッシュは言った。

ボッシュはポッドのなかのはじめて会う見知らぬ人々に向かって片手を上げて挨拶した。

「やあ、みなさん」ボッシュは言った。

「ああ、そうだ、みんな」バラードは言った。「こちらがハリー・ボッシュ」

ボッシュが自分の作業スペースに向かうと、バラードがポッドをまわって、マッサーとロウルズとハッテラスを紹介した。マッサーとロウルズがボッシュに会釈する一方、ハッテラスは立ち上がり、プライバシー用パーティション越しに手を伸ばして握手をもとめた。ハッテラスは握手をしたあともボッシュのなにかを読み取ろうとしているかのようにぎこちなく二秒ほど手を握りつづけてから、離した。その行動に誘われてロウルズが立ち上がって、手を差しだした。

「掌紋の件は賢明な判断だった」ロウルズは言った。

「いや、ここのだれかがきっと思いついたはずだ」ボッシュは言った。

「議員は感心するだろう」ロウルズが付け加える。

「まあ」バラードが言う。「照合結果がどうなるかわかるまで先走るのは止めときましょう」

ボッシュは、バラードがチームに選ばなかった人間というのがロウルズであることを思いだした。ボッシュが静かに自分の作業スペースに腰を下ろすと、ロウルズとハッテラスもおなじようにし、バラードが話をつづけた。

「さて、いまチーム・ミーティングみたいなことをしていたんだ、ハリー」バラードは言った。「わたしがしたいのは、自分たちが取り組んでいる事件について話し合うことなの、なぜならみんな別々の場所、市警、機関の出身だから。それにすべてのことをテーブルに置くのはいいことだと思う。いい考えがどこから生まれるか、わかりっこないんだから。あなたの掌紋の件みたいな」

「オーケイ」ボッシュは言った。

まだ全員の視線を注がれていて、ボッシュは居心地が悪かった。授業で指名されそうなのに、宿題をやってこなかったような気がした。

「で」バラードが言った。「ギャラガー事件にまだ着手していないのはわかっているけど、当初の捜査の概要と、どこから手をつけたいと考えているのかを聞かせてちょうだい」

「あー、わかった」ボッシュはためらいがちに言った。「まず、おれはこの事件をギャラガー事件と呼んでいないんだ。ギャラガー一家事件と呼んでいる。四重殺人だからだ。一家全員、母親と父親、九歳の娘、十三歳の息子が殺された」

「なんてひどい」ハッテラスが言った。

「ああ、じつにひどい」ボッシュは言った。「そんなふうに一家全員を殺害するのは、特殊な殺人者であるはずだ」

ボッシュはほかにコメントがあるかどうか確かめようとひとまず言葉を切ってから、先をつづけた。

「ギャラガー一家はヴァレー地区に住んでいた――シャーマン・オークスとヴァンナイズの境界のようなところに。そして当初、彼らの失踪は自発的なものと考えられた。近所の人間はだれも彼らが出かけるのを見ていなかったが、いったん彼らがいなくなっていることが確認されると、ビジネスや金銭的な問題で出ていったんだと考えられた。ほら、家業を畳んで、夜逃げしたのだ、と」

「家業？」マッサーが訊いた。

「いまのは言葉の綾《あや》だ」ボッシュは言った。「ギャラガー氏――スティーヴン・ギャラガー――は、建設機材業者だった。シルマーのサンフェルナンド・ロードに二棟の大きな倉庫と機材置き場を所有していた。クレーンや油圧リフトやあらゆる種類の重機をレンタルしていた。倉庫のひとつは、足場材やそのたぐいのもの用だった」

「そして一家は死体で発見されたのね」ハッテラスが言った。「思いだした。砂漠で見つかったんだ。そこにあなたはけさいってたのね」

ボッシュは一瞬ハッテラスを見つめてから、うなずいた。

「ああ、一年後に彼らは見つかった。カリフォルニア州立大ノースリッジ校の地質学者と彼の学生がある種の気候変動研究目的でモハーヴェ砂漠に出かけており、彼らが少年の死体を見つけた。少なくともその死体の一部を。墓は動物に荒らされていた。

コヨーテかなにかに。そのことがきっかけになって四人全員の死体が発見され、最終的にギャラガー一家だと確認された。歯科治療記録を使ったんだ——少年、スティーヴン・ジュニアは歯の矯正具を付けていた」

「だとしたら、サンバーナディーノ郡の事件になるんじゃないのかい？」マッサーが訊いた。

「実際には発見場所はインヨー郡で、合同捜査になった」ボッシュは言った。「おれは当時、最初の未解決事件班の一員で、おれたちがその事件を担当した。一家失踪から一年が経っていて、追跡は困難だと考えられたからだ。おれが捜査責任者だった。懸命に捜査にあたったが、結局解決できなかった。そしておれは引退し、事件は基本的に棚上げになった……。ところが、いまおれは戻ってきて、ふたたびこの事件に取り組んでいる。ああ、そうだ、けさおれはあそこに出かけていた」

ボッシュはもう十分話したことを確かめようとバラードを見た。

「なぜそこへ出かけたの？」バラードは訊いた。

ボッシュはバラードがすでにその答えを知っているとわかっていた。こんなふうに問い詰められるのは好きではなかった——自分の行動を話し合ったり、正当化したりするのは。

「あそこからはじめるべきだと思っただけさ」ボッシュは言った。「再開する勢いをつけようとして。おれがあそこにいると、当時インヨー郡保安官事務所で合同捜査に当たっていた捜査員が姿を見せた。彼らのほうでも捜査に進展はなかった」

「フィンバー・マクシェーンについて話してもらえる?」バラードが頼んだ。「このグループが事情を知れば知るほど、いいアイデアが浮かんでくるかもしれない」

「スティーヴン・ギャラガーはアイルランドで生まれたんだ」ボッシュは言った。「ダブリンで。彼はLAから来たアメリカ人女性――ジェニファー・クラーク――と出会い、ふたりでこの地にやってきて、最終的に結婚し、彼は事業をはじめた。そして、ある時点で、フィンバー・マクシェーンという名のもうひとりのアイルランド人を雇った。マクシェーンは北アイルランドのベルファスト出身で、ふたりが以前からの知り合いだったかどうかは確認されていない。マクシェーンは共同経営者ではなかったが、スティーヴンといっしょに事業を展開していた。ギャラガー一家の失踪後、マクシェーンは事業を継続していたが、少しずつ機材を売却しはじめた。手短に言うと、一年後、見つかるはずのない死体が発見された。そしてどうなったか? マクシエーンは行方をくらまし、倉庫と機材置き場は空っぽになっていた。古典的な計画倒産《バスト・アウト》だった」

「どういう意味？」ハッテラスが訊いた。「バスト・アウトって？」

「詐欺手口なんだ」ボッシュは言った。「商品を発注しては売ることですっからかんになる詐欺だ。基本的になにも残らなくなり、事業が立ちゆかなくなるまで全部売り払い、すべての仕入れ先に代金を支払わず、債務をすべて負わせるんだ」

「『ザ・ソプラノズ　哀愁のマフィア』を見たことがあるかい？」ロウルズが訊いた。「すばらしいドラマだ。連中はしょっちゅうその詐欺をやってる」

「では、マクシェーンが容疑者なんだ」マッサーがそう言って、ボッシュの話に戻そうとした。「機材を全部売るとどれくらいになったのかな？」

「売買記録を追えた」ボッシュは言った。「八十万ドルを少し超えたくらいだった」

「八十万ドルのために四人の命を奪ったわけだ」ロウルズが言った。

「もしその人がやったとしたらね」ハッテラスが言う。

「あの手紙の話をして」バラードが言った。

「ロス市警宛に一通の手紙が届いた。おそらくはマクシェーンが出したものだ」ボッシュは言った。「やつは自分が無実であり、疑いをかけられたくなかったので姿を消したと主張していた」

「消印は？」ハッテラスが訊いた。

「国内の消印だった」ボッシュは言った。「マクシェーンのパスポートにフラグを立てておいた。もし出国し、ベルファストに戻るかほかのどこかにたどりついていたとしたら、パスポートを持たずにやったことになる」

「彼はまだここにいると思う」ハッテラスが言った。「わたしにはそれが感じられる」

ボッシュはハッテラスを見、それから視線をバラードに向けた。

「証拠の話をして」バラードは言った。「一家の殺害方法は？」

「一家は処刑されたんだ」ボッシュは言った。「ギャラガーの倉庫のひとつから手に入れたネイルガンで。それは死体とともに墓のなかに入っていた。また、墓がエクスカヴェイタで掘られた証拠も残っていた」

「エクスカヴェイタってなんだ？」マッサーが訊いた。

「二輪がついていて、ピックアップ・トラックの荷台に載せて運べる掘削機だ」ボッシュは言った。「どこかに写真があるので見せるよ。要するに、墓はスコップで掘られたものじゃなかった。あまりにも正確に掘られており、一部の硬い岩がスコップやツルハシよりも強力ななにかで割られていたのは明白だった。墓の場所は、舗装路のすぐ近くで、マクシェーンはそこまでエクスカヴェイタを載せてバックで入り、すばやく出入りできたはずだ。それに一家がいなくなってからマクシェーンが最初に売った機材のひとつが、エクスカヴェイタだった。その証明ができる」

　ボッシュは机の上の殺人事件調書の一冊をひらき、パラパラとめくって、エクスカヴェイタの写真をさがした。さがしながら口をひらく。

「その売買を追跡できた。買い主が当該エクスカヴェイタを調べさせてくれた。タイヤのトレッドにはさまっている岩の欠片《かけら》がまだ残っていて、墓地に撒《ま》かれたクレオソートの成分がそこに付着していた」

「四人ともひとつの墓に入っていたのかい？」ロウルズが訊いた。

「ああ」ボッシュは答えた。「それがいちばん手早く済ます方法だったんだろう。穴は、約一・八メートルかける一・二メートルの大きさで、深さは約一・二メートルだった。両親がまず最初にそこに落とされ、その上に子どもたちが落とされた。ネイルガンといっしょに」

　ボッシュは当該エクスカヴェイタが載っているシャムロック・インダストリアル・レンタル社のパンフレットを見つけた。それをパーティション越しにマッサーに手渡す。

「だが、マクシエーンとのつながりはそれしか確認できず、逮捕状を取るには足りなかった」ボッシュは言った。

「これをもって地区検事局にいったのかい？」マッサーが訊いた。「わたしだったら起訴しようと思っただろうな」

「そうした。きみのところにいったらよかっただろうな」ボッシュは言った。「おれが持ちこんだ起訴担当検事補は、証拠がもっと必要だと言った。マクシェーンがエクスカヴェイタを売却したことは、彼がそれを使って一家を埋めたということを証明するものではなかった。つながりには穴があった。機材置き場は夜間、無防備だった。だれかがスティーヴン・ギャラガーの鍵を用いて、機材置き場の扉をあけ、エクスカヴェイタを夜間に持ちだすことは可能だったとさ」

「それはひどいこじつけだ」マッサーが言った。

「おれも同感だった」ボッシュは言った。「だが、決断を下してもらえなかった。もっと証拠が必要だと言われ……手に入らなかった。そこでプランBは、マクシェーンを見つけ、訊問《じんもん》部屋に閉じこめ、口を割らせることだった。だが、そういうことは起こらず、やつはまだ行方をくらましたままだ。これが現時点の状況だ」

事件の要約を終え、ボッシュはほかの人間からさらなる質問や提案が来るのを待った。沈黙がつづき、やがてハッテラスが質問をした。「マクシェーンがみずからの無実を訴えるために書いてきた手紙の原本はまだあります？」

「ある」ボッシュは答えた。「会社の便箋に手書きで書かれたものだ」

「わたしが言いたかったのは、いまそこに持っているのか、それとも証拠保管所にあるのかということなんです」ハッテラスは言った。「わたしは原本を見たいんです」

「ここにある」ボッシュは言った。

ボッシュはいちばん分厚い殺人事件調書をひらいた。そこに事件の写真を収めているビニール・スリーブが入っていると知っていたからだ。その手紙はスリーブのひとつに密封されていた。ボッシュはバインダーのリングをあけ、マクシェーンの手紙が入っているスリーブを取り外すと、それをハッテラスに手渡した。

彼女は両手でスリーブの縁を支えて持ち、手紙を少しのあいだ眺めた。

「取りだしていいですか？」ハッテラスが訊いた。

「どうして？」ボッシュは問い返した。「証拠だぞ」

「手で持ってみたいんです」ハッテラスは言った。

「当時、処理されたんでしょ？」バラードが言った。

「ああ」ボッシュが答えた。「指紋は付着していなかったが、署名はマクシェーンのものと一致した。本人が送ってきたものだ」

「つまり、彼女はそれを取りだせる、と言いたいわけ」バラードは言った。「すでに処理済みなので」

「まあ」ボッシュは言った。「かまわないだろう」

ボッシュはハッテラスがスリーブをひらき、書類を滑りださせるのを見た。そののち、両手でおなじように持った。手袋をはめずに。だが、彼女は手紙を読んでいなかった。ボッシュは彼女が目をつむるのを見た。

ボッシュはバラードのほうを向いた。顔に怪訝《けげん》な表情を浮かべて。ふたりがなにか言うまえにハッテラスが口をひらいた。

「彼は真実を話していると思います」ハッテラスが言った。

「なんだって？」ボッシュが訊いた。

「マクシェーンです」ハッテラスは言った。「自分は無実だけど、それを証明できないと書いたとき、彼は本当のことを言っていたと思います」

「いったいなにを言ってるんだ？」ボッシュは言った。「きみは読みもしていないだろ――」

そのとき、ボッシュにはピンときた。だが、ボッシュより先にバラードが口をひらいた。

「ハリー、この件はひとまず脇に置いてちょうだい」バラードは言った。「みんなそれぞれの担当案件に戻ったほうがいいと思うの。わたしはハリーに施設の案内を済ませる」

マッサーがパンフレットをボッシュに返し、ついでハッテラスがマクシェーンの手紙を保護スリーブに戻して返した。

バラードが立ち上がった。

「まず取調室からはじめましょう」バラードは言った。

バラードは資料室の出入口につながっている通路に向かって歩きはじめた。ボッシュはパンフレットと手紙の入ったスリーブをバインダーのリングに戻すと、パチンと閉じてから、バラードのあとを追った。

8

バラードは取調室に入り、ボッシュからやってくるだろうとわかっているものに心構えをしたが、なにもかも正常でふだんどおりであるようにふるまった。ボッシュはバラードにつづいて部屋に入るとドアを閉めた。

「霊能力者をチームに入れたのか？」ボッシュは言った。「ふざけてるのか？　おれを引き入れたのは、霊能力者といっしょに仕事をやらせるためか？　死者と話をするため降霊術をおこなって、だれがギャラガー一家を殺害したのか訊《たず》ねるのか？」

「ハリー、落ち着いて」バラードが言った。「ハッテラスに対してカッとなるだろうなとわかっていた。こんなに早く表に出てくるとは思ってなかった。で、念のために言っておくと、彼女は自分のことを霊能力者ではなく、〝共感能力者《エンパス》〟と呼んでいるの。覚えといてね」

ボッシュは首を横に振った。

「どうだっていい」ボッシュは言った。「頭のおかしい戯言《たわごと》に変わりはない。法廷で彼女をけっして使えないんだぞ。法廷で切り刻まれ、その結果、事件がぶち壊しになる。おれは彼女をギャラガーがらみのどこにも近寄らせたくない。あの迷信じみた行動で事件をだいなしにしてしまうだろう」

バラードはすぐには反応しなかった。ボッシュが落ち着いて静かになるのを待っていた。そののち、取調室のテーブルの椅子を一脚引きだして、腰を下ろした。

「座って、ハリー」

ボッシュは渋々言われたとおりにした。

「あのね、彼女がチームに加わるまで、わたしはこのエンパスの件はなにも知らなかったの」バラードは言った。「彼女が班にいる理由はそれじゃないし、彼女がここでやっている仕事でもない。前回話したように、彼女は遺伝子系図学調査を担当しているの。それに彼女の人を読む能力――いわゆる共感能力――は、その作業に不可欠な社会工学の役に立っている」

「いま言ったように、おれは彼女をギャラガーとマクシェーンに近づけたくない。なぜなら、おれはマクシェーンを見つけるつもりであり、見つけたときに事件をだいなしにするようなことが起こってはならない」

「けっこう。彼女を近づけないようにします」

「ありがたい」

「で、もう冷静になれる？」

「冷静だ。冷静だとも」

「けっこう。あなたはただコリーンに近づかないようにして。わたしは彼女があなたに近づかないようにするから。だけど、覚えておいてほしいんだけど、あなたとおなじように彼らはボランティアなの。時間と才能をこの仕事に捧《ささ》げており、コリーンはいい仕事をしている。わたしは彼女を失いたくない」

「了解だ。彼女は自分の仕事をすればいいし、おれは自分の仕事をする」

「ありがとう、ハリー。戻りましょう」

バラードは立ち上がった。ボッシュは立ち上がらなかった。

「待った」ボッシュは言った。「掌紋の話をしてくれ。もうチーム全体には話したような口ぶりだった」

「話した。なぜならそれがあの事件でこれまでに手に入れた最高の手がかりだったから」バラードは言った。「ダーシー・トロイ――うち担当のＤＮＡ技官――が拭き取り採取をおこない、完全な分析ができる十分な量がある、と言ってくれた。彼女は大喜びしてた。掌紋からＤＮＡを取りだした最初の人間になりたいんでしょうね。なので彼女はそれを分析予定のいちばん前の順番にしてくれた。すぐになにかがわかるでしょう。だけどダーシーからわたしに連絡があるまで、言えることはさほど多くないの。そして彼女から連絡があれば、そのことを最初に知るのはあなたになる」

「わかった」

「で、ギャラガー一家殺害事件に対してどんなふうにアタックするつもり？」

「殺人事件調書を読みこんで、押収品と証拠を調べ、事件発生からこれだけ長い時を経てなにか浮かび上がってくるものがないか確かめる。ギャラガーはマクシェーン以外に四人の従業員を雇っていた。たぶん彼らにもう一度聞き取りをするだろうな。それにある程度の権限を手に入れたいま、マクシェーンを見つけられるかどうか確かめてみる。あいつにはベルファストに家族がいる。引き渡してはくれないだろう。だが、ひょっとしたらあいつが表に出てきているかもしれない。数年経ってから木を揺さぶるとなにが落ちてくるのかだれにもわかりゃしないんだ」

「わたしが手伝えることを教えて。わたしはここではたんなる管理者じゃないの。わたしは事件に取り組みたい。とりわけこの手の事件に。そうじゃなきゃ、ほかの人たちのお守《も》りをしているだけになる」

「それを聞けてよかった」

「本気で言ってる」

「わかった」

「よかった」

ふたりはポッドに戻り、黙ってそれぞれの作業スペースに腰を下ろした。ボッシュはギャラガー一家殺害事件の殺人事件調書の束を手に取り、目のまえに広げ、表紙のラベルが見えるようにした。第一巻には捜査時系列記録が入っているのを知っていた。それは事件のバイブルになるだろう。当初の捜査でボッシュが取った行動を記した複数ページのリストだ——個々の記入は、日付けと時間が記され、フォローアップとして書かれたもっと詳細な報告書への参考資料が付されていた。

今回、この時系列記録を使って捜査にあたることになるとボッシュはわかっていた。事件への足がかりをふたたび得る一方で、最初のときに踏み誤ったステップや、考え直す必要がある事実の解釈の有無をさぐるのだ。だが、まずボッシュが欲しかったのは、調書の最初のビニール・スリーブに入っているエイト・バイ・テン・サイズ（二十センチ×二十五センチ）のエマ・ギャラガーの写真だった。ボッシュは何年もまえにそのスリーブにその写真を入れたのだった。自分や自分のあとにこの事件を担当するかもしれない人間が時系列記録を確認するため、この殺人事件調書第一巻をひらくたびに必ず目に入るものとして。

ボッシュは九歳の少女の写真をスリーブから滑りださせた。学校で撮影された写真だった。彼女はカソリック校であることを告げる緑色の格子縞《こうしじま》のジャンパースカートを着ており、笑みを浮かべ、下の列にあいた隙間を埋めはじめていた永久歯を覗かせていた。その写真を見るとボッシュは悲しくなった。ボッシュは彼女の解剖に立ち会っており、その歯は最後まで生える機会がけっして得られなかったことを知っていた。

ボッシュはコリーン・ハッテラスの作業スペースと自分のスペースをわけているパーティションにその写真を画鋲《がびょう》で留めた。ボッシュが身を乗りだして写真を留めていると、ハッテラスがパーティション越しにこっちを見た。

「ハリー刑事？」ハッテラスは言った。

「その肩書きで呼ばんでくれ」ボッシュは言った。「ただのハリーでけっこうだ」

「じゃあ、ハリー。一言言いたかったの、わたしが言ったことであなたを怒らせるつもりじゃなかったんだって」

「気にしないでくれ、怒っていない。万事問題なしだ」

「じゃあ、もうひとつ付け足したいの。あなたがフィンバー・マクシェーンを見つけることはないだろうってことを。彼が生きているとわたしは思っていない」

ボッシュはハッテラスを長いこと見つめていたが、ようやく口をひらいた。

「なぜそう思うんだい？」ボッシュは訊いた。

「説明できない」ハッテラスは言った。「そういう感覚がするというだけ。たいていの場合、その感覚は合ってるの。彼がまだ生きているのは事実としてわかってるの？」

ボッシュはパーティション越しにバラードの作業スペースがあるほうを見た。バラードは椅子に座って、コンピュータ画面を見ていたが、聞き耳を立てているのがボッシュにはわかった。ボッシュはハッテラスに視線を戻した。

「事実としては、わからない」ボッシュは言った。「あいつが生きているという確認は、殺人事件の三年後だった」

「それはどういう形で？」

「スティーヴン・ギャラガーには業務マネージャーがいた。シーラ・ウォルシュという名の、最初に雇い入れ、もっとも長く勤めていた従業員だ。殺人事件の三年後、彼女のチャツワースにある自宅に泥棒が入った。何者かがホームオフィスのファイルや机を荒らしていったんだ。犯人は文鎮を動かし、指紋を残した」

「フィンバー・マクシェーンの指紋だったのね」

ボッシュはうなずいた。

「そのころにはおれはロス市警を引退して、サンフェルナンド市警で未解決事件に取り組んでいた」ボッシュは言った。「だが、元のパートナーだったルーシー・ソトからその住居侵入事件の話を聞いた。デヴォンシャー分署の刑事たちが捜査を担当していた。マクシェーンがなにをさがしていたのか、さっぱりわからない、とシーラ・ウオルシュは刑事たちに話した。自宅オフィスからなにか価値のあるものが盗まれたとは彼女は思っていなかった」

「不気味ね」ハッテラスが言った。

「ああ。だから、そのときやつは生きていた。いま生きているかどうかは、単なる推測にすぎない」

「わたしは自分の直観を信じているの。生きた彼をあなたが見つけるとは思ってない」

「いまきみはなにを受け取っているんだ？」

「どういう意味？」

「きみのうしろには失われた魂の図書館がある。六千件の未解決殺人事件だ。被害者たちはきみに話しかけていないのか、メッセージを送ってこないのか？」

ハッテラスが返事を紡ぎだすまえにバラードが割って入った。

「ハリー」バラードは言った。

バラードが言ったのはそれだけだったが、ボッシュの名前を口にするその口調は、子どもがなにをやるつもりであれ、それを止めさせる母親の警告のような響きがあった。

ボッシュはバラードを見てから、ハッテラスに視線を戻した。

「やらなきゃならない仕事がある」ボッシュは言った。

そののち、ボッシュは机に身をかがめ、ハッテラスの視線だけでなく、バラードの視線からも外れた。ボッシュは殺人事件調書の第一巻をひらき、目次を見た。参考人の聴取と供述は第三巻に入っていた。ボッシュはその巻をひらき、シーラ・ウォルシュとの三回にわたる聴取ののち、みずから記した要約を見つけた。

シーラ・ウォルシュは、スティーヴン・ギャラガーが二〇〇二年に機材レンタル会社をはじめたときに最初に雇った従業員だった。それからの数年、会社が拡大していくなかで彼女は働きつづけた。ボッシュに事業内容を説明し、帳簿をひらき、マクシエーンが売却した機材を追跡する観点から、ウォルシュは捜査の重要な役割を担った。

シャムロック社にはほかに三人の従業員がいたが、捜査にもっとも重要だったのはウォルシュだった。ほかの三人は倉庫と機材置き場で働いている男性従業員だった。ウォルシュは内勤で、ギャラガーとマクシェーンとおなじスイート・オフィスで働いていた。

ボッシュはウォルシュの聴取の要約を読み返し、彼女の名前と生年月日と住所をポケットサイズのノートに書き留めた。それからパーティション越しにバラードを見た。

「おれは車両登録局のデータベースにアクセスできるんだろうか？」ボッシュは訊いた。

「いえ、できない」バラードは言った。「正規警察官だけができる。なにが要るの？」

ボッシュはノートのページを破ると、パーティション越しにバラードに手渡した。

「彼女を調べてくれないか？」ボッシュは頼んだ。「まだその住所にいるのかどうか確かめたいんだ」

「わかった。待ってて」バラードは言った。

ボッシュはバラードの指がキーボードの上を踊り、車両登録局のデータベースを呼びだして、シーラ・ウォルシュの名前と生年月日を入力するのを耳にした。

「彼女の現行の免許証はおなじ住所になってる」バラードが伝えた。

「ありがとう」ボッシュは言った。

ボッシュは立ち上がると、パーティションから身を乗りだした。

「会いにいくつもり？」バラードが訊いた。

「ああ」ボッシュは答えた。「そこからはじめてみようと思ったんだ」

「ひとりで出かけて大丈夫？」

「もちろん。だけど、ひとつ質問がある。当時、一家の家とオフィスで集めたたくさんのものを押収した。それをここに送らせる権限をおれは持っているのか、それともきみがやらないといけないのか？」

「たぶんわたしの仕事ね。だけど、引っ張りだしてもらうように伝えて、あなたかわたしが引き取りにいったほうが早いでしょうね。どれくらい早くあなたが欲しいかによるけど。引き取りにいくなら、たぶんあすには手に入るでしょう。ここに送ってもらうとなると一週間はかかるかもしれない」

「おれが引き取りにいくよ――もしかまわないのなら。おれはまだ身分を証明するものをなにも持っていない」

「事件番号をわたしが持っている。わたしがオーダーして、あすの朝までにあなたが引き取りにいくと先方に伝えておく。引退警官のIDを見せてちょうだい。当面は、それでうまくいくでしょう。ここのフロントオフィスにいって、写真撮影と指紋採取の予約を取ってもらう必要がある。そうすれば身分証明書が手に入る」

「わかった。ありがと。もうひとつ質問だ——ここのロッカールームに入れるんだろうか？　体を洗って、シャツを着替えたいんだ」

「あいかわらず車に着替えを置いてるの？」

「きょうはそうした。砂漠に出かけるとわかっていたんだ」

「あなたにはロッカールームのアクセス権とシャワーの使用権がある。あなた用の無料ロッカーがあるとは約束できないけど」

「まあ、あそこにはポリス・アカデミーの学生がいるんだろ？　おれは銃を携行していないし、おれの財布を盗もうなんて人間はいないだろう」

アーマンスン・センターの主な用途は、新人警官の訓練のための第二アカデミーだった。大半の実習はエリージャン・フィールズにある本来のアカデミーでおこなわれていた。アーマンスンは教室での訓練の場——そしていくつかのケースでは再訓練の場だった。殺人事件資料室は、キャンパスのごく一部を占めているだけだった。

「ここに財布を置いて、体を洗ってから取りに戻ってくればいい」バラードは言った。

「だいじょうぶさ」ボッシュは言った。

「じゃあ、狩りを楽しんで」

「そっちもな」

ボッシュはドアに向かい、殺人事件調書を収めた集密書架の側面に沿って歩いた。それぞれの列の端には、八×十三センチ大のカードがテープで留められ、事件番号ごとに置かれたファイルの範囲を示していた。事件番号はその犯罪が発生した西暦でつねにはじまっていた。死者のデューイ十進分類法というわけだ。

ボッシュは歩きながら、片手を書架の側面に走らせた。幽霊や死者がその奥の暗闇から手を伸ばしてくるとは信じていなかった。だが、出ていこうとして通り過ぎる際には、敬意と共感を覚えた。

9

バラードは、トム・ラフォントがまとめ、ハッテラスと協力して調べることになっている遺伝子系図学調査のための助成金をアーマンスン財団に申請する一環として取り組んでいた事件要約を書き終えようとしていた。

「コリーン、トムが来ていないので、あなたにこの助成金の申請書を送るわ」バラードは画面から目を離さずに話しかけた。「事件要約を読んで、まちがいがないか確認して」

「送ってちょうだい。読みます」ハッテラスが言った。

「きょうじゅうに済ませたいの。すぐに回答があれば、あなたとトムに取り組んでもらえる」

「用意できてます。送って」

バラードが書類を閉じるのと同時に机の電話が鳴った。発信者表示画面を見ると、

DNAラボのダーシー・トロイからだとわかった。メールソフトを起動し、助成金の書類をハッテラスに送りながら、電話に出る。

「ダーシー、なにを手に入れてくれた？」

「そうね、サラ・パールマンに関していいニュースと悪いニュースがある」

「話して」

「いいニュースは、あの掌紋から採取したDNAを照合できたということ。悪いニュースは、その照合例が、ケース・トゥ・ケースのヒットだったということ」

ケース・トゥ・ケースのヒットとは、掌紋から採取したDNAプロフィールが、別の未解決事件で得られたDNAプロフィールと合致したことを意味していた。つまり犯人／容疑者が判明していない事件なのだ。ケース・トゥ・ケースのヒットは、遺伝子系図学調査につながる。これはバラードにとって、現時点では残念な結果だった。さがしていたのは市井の事件だったからだ。街に出かけ、ドアをノックし、法執行機関のデータベースにDNAが登録されている特定の個人をさがせばいい捜査だった。それはボッシュがマクシェーンで追いかけているものであり、バラードはおなじものを自分の場合も望んでいた。真の刑事が生きがいにしているのがそれだった。

バラードは机からペンを手に取り、法律用箋に書きつける用意をした。

「まあ、なにもないよりはまし」バラードは言った。「名前と事件番号を教えて」

トロイはまず事件番号を先に読み上げた。二〇〇五年の殺人事件だった。つまり、サラ・パールマン殺害と、つながった事件とのあいだには十一年の間隔が空いているということだ。被害者の名前はローラ・ウィルスンで、殺された当時、彼女は二十四歳だった。

「そっち側でほかになにかある？」バラードは訊いた。

「そうね、科学面ではちょっと変わってる」トロイは言った。「二〇〇五年の事件でのＤＮＡの割り出し方という意味では」

「へえ？　話して」

「古い言い方を覚えてる？　分泌物を、排泄物じゃなく。わたしたちは体液からＤＮＡを抽出する──血液、汗、精液が中心。だけど、排泄物《はいせつぶつ》からは取りだせない。なぜなら排泄物のなかの酵素がＤＮＡを破壊するから」

「ウンチやオシッコじゃだめ」

「ええ、通常は。だけど、この事件の場合、どうやら尿から抽出したようなの。この事件の調書を取りだせば、完全な詳細がわかるはず。だけど、ここにあるいくつかのメモによると、尿が事件現場で拭き取り採取されている。精子を見つけられるかもしれないと期待して。もし犯人がトイレを使うまえに被害者をレイプしていたなら、尿道にまだ精子が残っていて、尿のなかに排出されるかもしれなかったから。だけど、精子は見つからなかった。そのかわり、見つかったのは血液だった」

「尿に血が混じっていた」

「そのとおり。血液の抽出はすばやく処理されたけど、完全なプロフィールは手に入らなかった。でも、統合DNAインデックス・システム《CODIS》にかけられるくらいの量はあった。当時、該当するデータはなかったけれど、今回、わたしたちの事件と結びつけられた」

ＣＯＤＩＳというのは、全米の法執行機関が集めた数百万人分のＤＮＡサンプルが含まれている全米規模のデータベースだった。

「血が混じっている尿が殺人犯のものだとどうやってわかったのかしら？」バラードは訊いた。

「当時、わたしはここにいなかったので、その答えはわからない」トロイが言った。「ここに残されているメモにはそれは書かれていない。だけど、殺人事件調書には記されているんじゃないかな」

「わかった。いま、完全なプロフィールじゃなかったと言ったよね。パールマン事件と完全に合致したわけじゃないと言ってるわけ？」

「いえ、確実に合致している。だけど、これを法廷に持っていくなら、確率を計算しなきゃならない。それには少し時間がかかる。計算するというのは、基本的に確率が高くなるということ。おなじDNAを持っている人間がいる確率は一京三千兆分の一であるという話をしているんじゃない。もっと高い確率になるけど、過去百年間の人類の人口を足したところでおなじDNAを持っている人間はふたりはいないという話」

トロイは数字の不思議のなかで迷ってしまう傾向にあるとバラードはわかっていた。だが、彼女がなにを言っているのか解釈できるくらい数多くのDNA事件を扱ってきた。

「じゃあ、このDNAは独自のものであるとあなたは証言できるのね」

「まあ、正確を期すなら、過去百年間でこの星に存在したほかの人間でこのDNAを持っている者はいないと証言できる」

「わかった。わたしに必要なのは、まさにそれ。さて、こんどは犯人をさがさなきゃ。いまから殺人事件調書をさがすわ。特急で調べてくれてありがとう、ダーシー」

「どういたしまして。捜査状況を教えてね」

「そうする」

バラードは電話を置き、立ち上がった。

「いいニュース?」ハッテラスが訊いた。

「そう思う」バラードは言った。「あなたに頼む別件になるかもしれない。助成金申請を読んでくれた?」

「読んで、返事を送ったわ。進めていいと思う」

「わかった、ありがと。すぐに提出する」

バラードは書架の側面に沿った通路に向かい、二〇〇五年の列をさがした。そこを見つけ、書架を動かし、間隔を広げるハンドルをまわす。殺人事件調書の背に爪を立てていき、〇五-〇二四三事件を見つけて、その調書を引き抜いた。ローラ・ウィルスン事件は、一冊のパンパンに膨れたバインダーに収められていた。書類をもっと楽にめくれるよう二冊のバインダーにすぐ入れ直さないといけない、とバラードは思った。棚差し作業の過程で近くに間違って置かれた第二のバインダーがないことを念入りに確認し、おなじ棚にあるほかのバインダーにはこの事件の事件番号が付いていないことを視認した。

バラードは列から出て、ハンドルをまわして元に戻し、その間ずっとボッシュがこの資料室を「失われた魂の図書館」と呼んでいたことについて考えていた。もしそれが本当なら、わたしはいまこの手に失われた魂のひとつを抱いていることになる、とバラードは思った。

作業スペースに戻ると、バラードは助成金申請をまずメールで送ってから、資料室から運んできた分厚いバインダーをひらいた。この事件のＤＮＡの出所が非常に特殊だったので、バラードはＤＮＡが尿から抽出された方法を確認するため、まっすぐ鑑識セクションに向かった。

捜査責任者の要約報告にその話が記されていた。被害者は独り暮らしをしていた自宅で殺害された。現場捜査員たちは、寝室から離れたバスルームのトイレの便座が上がっていることに気づいた。男性がそれを使ったことを示していた。便座と洗浄ハンドルの指紋を確認している際、ひとりの鑑識員が便座に尿の滴が付着しているのに気づいた。それらの滴は赤茶けた色をしており、尿に血球が含まれている可能性を示唆していた。滴は拭き取り採取で集められ、ＤＮＡ腐敗を懸念して、ＤＮＡ抽出作業が同日のうちにおこなわれた。部分的なプロフィールが確認され、ＣＯＤＩＳデータベースに入力されたが、合致するものはなかった。

さらなる分析と捜査員による医療専門家への相談で、その尿が腎臓あるいは膀胱《ぼうこう》に、血尿《ヒマチユリア》――尿のなかの血液を示す医学用語――を生じさせる疾病をもつ人間が排出したものであるという結論が出たと報告はつづけていた。

バラードはいま読んだものに昂奮《こうふん》し、捜査員たちが腎臓病の確認を利用して捜査の糸口を摑んだのかどうかすぐに確かめようとした。腎臓病の治療を受けている男たちのなかに容疑者をさがしたのだろうか？　バラードは机のいちばん下のひきだしをあけ、二冊の空のバインダーを引っ張りだした。元の殺人事件調書から、すべての書類とビニール・スリーブを外し、ふたつにわけ、半分ずつ新しいバインダーのリングに通した。それから立ち上がるとキッチンに向かい、コーヒーを取ってきて、事件の捜査時系列記録に取りかかった。

ローラ・ウィルスンは、女優志望の若いアフリカ系アメリカ人で、シカゴに住む両親が家賃を負担しているアパートにひとりで暮らしていた。亡くなる二年まえにLAに引っ越してきて、五年以内に成功して自立する、できなければ回れ右して故郷に帰ると自分と支援者に約束している最中だった。彼女は演技レッスンを受け、映画やTVドラマの端役のオーディションを日常的に受けていた。バーバンクの席数二十の劇場で稽古している演劇集団にも所属していた。彼女のアパートはフランクリン・アヴェニューのサイエントロジー教会セレブリティ・センター近くのタマリンド・アヴェニューにあった。ウィルスンはサイエントロジー教会に入信し、エンターテインメント業界で役立つコネクションができることを期待して、これまた両親に費用を負担してもらって、受講をしていた。

　ウィルスンは二〇〇五年十一月五日土曜日の朝、サイエントロジーのセミナーにいっしょにいくことになっていた友人によって、殺害されているのが発見された。友人は彼女のアパートのドアが少しあいているのに気づき、被害者がベッドの上で死んでいるのを見つけた。死因は絞殺であると断定された――シルクのスカーフが首に巻き付けられていた。遺体は、死後、切断されていた。

「それはなに？」

　バラードは調書を読むのに没頭していてロウルズがポッドをぐるっとまわってきて、肩越しに覗きこんでいるのに気づかなかった。

「パールマン事件で手に入れたDNAが二〇〇五年のこの事件と結びついたの」バラードは言った。

「うわ、おもしろいな」ロウルズは言った。

　バラードはバインダーを閉じ、ロウルズを見上げられるよう、椅子を回転させた。

「なんの用、ルー？」バラードは訊いた。

「おれは出かける」ロウルズは言った。「エンシノのうちの店で起こった騒動を収めにいかなきゃならないんだ。怒った顧客が、貴重な古美術品の入った荷物をうちが紛失したと言い立てている」

「それは大変そうね。今週、戻ってこられそう？」

「わからない。連絡する」

「オーケイ。じゃあ、いずれまた」

ロウルズは立ち去り、バラードはすぐにバインダーに戻った。彼女の心は、すでにローラ・ウィルスン殺害に深くのめりこんでいた。

10

最後にドアをノックしてから何年も経っているが、ボッシュはシーラ・ウォルシュの家を覚えていた。ウォルシュはすぐに応対に出てきたものの、ボッシュをはっきり覚えているようではなかった。ボッシュはかなり年を取り、白髪も増えており、たぶん最後にここに来たときほど目は鋭くなかっただろう。しかし、しばらくして、ウォルシュは相手が何者か思いだせた。名前までは覚えていないにせよ。ウォルシュは笑みを浮かべた。

「刑事さん」ウォルシュは言った。「びっくりしました」

「ミセス・ウォルシュ」ボッシュは言った。「覚えていてくれたらいいと願ってましたよ」

「バカ言わないで下さい、もちろん覚えています。それからシーラと呼んで下さい。あの事件で進展があったんですか？」

「お話をしたいので、なかに入ってかまいませんか？」

「はい、はい。どうぞお入り下さい」

ウォルシュはうしろへ下がり、ボッシュを室内に通した。彼女はボッシュの記憶にあるときから変わっていないように見えた。六十歳を超えて、目のまわりの小皺《こじわ》は増えたが、週に一度くらいしか食事をしていないように見える魅力的な女性であることに変わりはなかった。細い体、薄い肩、豊かな髪は少しも変わっておらず、当時カツラではないかと思ったボッシュの疑いを確信に変えた。

「コーヒーかお水かなにか飲まれます？」ウォルシュが訊いた。

「いえ、けっこうです」ボッシュは言った。「ですが、もしよかったらキッチンに座りませんか。まえはそこに座っていたと覚えています」

「もちろん、じゃあ、そこへいきましょう」

ウォルシュは先に立ってダイニングルーム――あきらかにオフィスとして使われていた――を通り抜け、キッチンに入った。そこには小さな丸い朝食用のテーブルがあり、椅子が四脚備わっていた。

「おかけになって」ウォルシュは言った。「ようやくフィンバー・マクシェーンが姿を現したんですか？」

「いえ、そうじゃありません」ボッシュは言った。「実を言うと、それがあなたへの最初の質問になるはずでした。最近、あの男からなにか連絡がありましたか？　どんな形でも？」

「いえ、ありません。もしなにかあったなら、あなたにご連絡したはずです。ですが、最後にお会いしたとき、あなたは引退することになるとおっしゃっていた気がします」

「引退しました。そう言いました。ですが、いまは未解決事件の捜査に戻ったんです……またギャラガー一家殺害事件を調べています。そしてマクシェーンを見つけようとしています」

「ああ、なるほど。そうですね、わたしの考えでは、彼はベルファストに戻ったか、そのあたりにいるんじゃないですか」

「ええ、それが一致した見解ですけど、わたしにはそう言い切れるか、疑問なんです」

ボッシュはウォルシュの後方にある引き戸越しに裏庭を見た。デッキと地面を掘ってこしらえた小さなプールがあった。木製の長いプランターを並べた菜園は、網状の覆いを被《かぶ》せて、鹿やコヨーテやその他の獣が入らないようにしていた。この家は、ヴアレー地区北西角のチャツワースにあり、夜になると最寄りの丘から野生動物が下りてくるのだ。プランターの先に目を向けると、ストーニー・ポイント・パークの岩山が遠くに見えた。

「殺人事件の三年後にあなたが被った住居侵入事件のことを考えると、行き詰まってしまうんです」ボッシュは言った。「不思議で仕方がない。あの男はここでなにをさがしていたんでしょう？」

「まあ、それはあなたが彼を見つけるまで解決しない謎でしょうね」ウォルシュは言った。「なぜならわたしもあなたとおなじように困惑していますから。わたしは彼の持ち物だったものをなにひとつ持っていません。警察に話したこと以外に、事件について知っていることもありません」

ボッシュはアーマンスンのロッカールームでシャワーを浴びたあとで着替えたスポーツ・ジャケットの内ポケットに手を伸ばした。一枚の畳んだ書類を取りだし、ひらくと、目を通してから話しだした。

「これはあの侵入事件の報告書です」ボッシュは言った。「指紋がマクシェーンのものと確認されるまえに書かれました。泥棒は冷蔵庫にあった食品を食べ、古いレコード・アルバムが入った箱を奪い、あなたのバッグからお金とｉＰｈｏｎｅを奪っていったと記されています」

「そのとおりです」ウォルシュは言った。

「ホームオフィスの机を漁《あさ》り、文鎮——ウォーターフォードのガラスの地球儀——を動かし、あなたに届いた郵便物を調べた」

「そうですが、机じゃありません。わたしはダイニングルームのテーブルを机として使っていたんです。それにあの文鎮は、処理しなければならない書類の束を押さえるために使っていました。請求書や郵便物。あの当時、わたしはオンライン旅行代理業者になる勉強をしてたんです。つまり、シャムロック社がなくなってから、仕事を見つけなければならなかったんです。それでその束には書類やクルーズ船のパンフレットも入れてました。オンライン・トレーニングに必要なものを」

「なぜマクシェーンはそれに興味を抱いたんでしょう？」

「わかりません。あの当時、わからなかったですし、いまもわからないです。ですが、彼は調べてみるまでその書類束のなかになにがあるのかわからなかったんじゃないでしょうか？」

ボッシュはうなずき、事件報告書に視線を戻した。事件に関してずっと気になっていた数多くのことのなかに、その疑問があった。マクシェーンは、いったいなにをさがしていたんだ?

「あの男の指紋が見つかったのはそこだけでした」ボッシュは言った。「彼の指紋とあなたのご子息の指紋、そしてあなたの指紋が見つかりました。それだけです」

「覚えています」ウォルシュは言った。「あの当時、警官のみなさんに話した自分の説を覚えています」

「どんな説ですか?」

「ほら、あの文鎮はウォーターフォード・グラスだったの。アイルランドで作られたもの。彼はアイルランド出身でしょ。そのせいで手に取ったのかもしれません」

ボッシュはその説を考えながら、うなずいた。

「たしかに、その話は報告書に書かれています」ボッシュは言った。「ですが、ウォーターフォードはアイルランドの港町ですが、マクシェーンは北アイルランド出身です。それに文鎮がウォーターフォード・グラスであると知っていたか、彼にとってなんらかの郷愁を呼ぶ価値のあるものだった場合、なぜ彼は盗んでいかなかったのでしょう?」

「うーん……わたしにはわかりません」ウォルシュは言った。「たぶんわかるのは彼だけでしょう」

「そうかもしれませんね……で、息子さんはどうしてます？」

「元気ですよ。サンタクラリタに引っ越しました。そこのゴルフ場で働いています」

「よかった。彼はインストラクターかなにかを――」

「いえ、息子はゴルフをやらないんです。ゴルフはとてもつまらないと思っています。ですが、アウトドアでの仕事が好きなんです。サンドキャニオンでグリーンキーパーをしています。いい仕事です。朝早くに働いて、渋滞に巻きこまれるまえに帰れるんです」

ボッシュはうなずき、雑談を切り上げようと判断した。

「ミセス・ウォルシュ、こんな突然訪ねてきたわたしにお時間を割いていただきありがとうございます」ボッシュは言った。「ですが、あの殺人事件が起こった年に戻っていただき、スティーヴン・ギャラガーとフィンバー・マクシェーンのあいだで仕事上やオフィスのなかでなにが起こっていたのか、もう一度あなたのお知恵を拝借したいんです。よろしいですか？　もう数分、お時間をいただけませんか？」

「もしそれが役に立つようでしたら」ウォルシュは言った。「ですが、そのときの記憶はもう当時ほど残っていないと思います」

「それはかまいません。おかしなもので、ときにはかなり時間が経過してから、人はむかし口にしなかったことを思いだしたり、言ったことを忘れたりするんです。ですから、もう一度全部をふるいにかけるのは役に立つんです。あの一家、とりわけふたりのお子さんにはそうしてあげる価値があるとわたしは思います」

「もちろん、そうです。ですから喜んでご協力します。あの子たちのことをずっと考えています。恐ろしいことでした」

「ありがとうございます。まず、殺人事件が起こるまえの時期に戻りたいのです。ギャラガーとマクシェーンの関係に緊張があったと思われる時期に。ふたりのあいだで言い争いがあったとあなたがわたしに話して下さったのを覚えています」

「ええ、ありました。ですが、たいてい、ドアを閉めた向こうでおこなわれていました。ほら、大きな声を出しているのは聞こえるけど、かならずしも具体的にその内容はわからない。そんな感じでした」

「どれくらい頻繁に口論は起こっていたんですか？」

「そうですね、しばらくのあいだ、毎日のようでした」

「ですが、会社は——われわれが調べた帳簿によれば——業績好調だったんですね？ギャラガー一家が姿を消すまえは、という意味です」

「好調でした。わたしたちはずっと忙しかったんです。フィンが願っていたことのひとつは、もっと人を雇うことと、それから、事業を拡大することだったんです。もう一ヵ所機材置き場を設けて、そこを機材でいっぱいにするようなことを。保有する機材が増えれば増えるほど事業が拡大する、と言ってました」

「でも、スティーヴンは拡大したがらなかった」

「ええ、あの人はとても保守的な経営者でした。会社をゼロから立ち上げたんです。そのため、彼は用心深く、フィンのほうはいつももっと多くの事業をおこないたがっていました。ふたりは言い争っていましたが、会社の持ち主はスティーヴンであり、最終決定権は彼にありました。あんなことになるなんてだれが思ったでしょう？　あの可哀想《かわいそう》な、哀れな子どもたち。つまり、もしそれが仕事上の争いであるなら、なぜあんなふうにあの子たちは殺されなければならなかったんでしょう？」

またしてもいつか来た道をたどろうとしていたが、ボッシュは足場を固めるために事件にふたたび付き添う必要があった。ボッシュはウォルシュにさらに三十分間質問をしたが、ウォルシュは不平を漏らすこともなく、短く切り上げようともしなかった。事件に関する重要な情報という意味では、なんら新しいものを提供しなかった。だが、シャムロック・インダストリアル・レンタル社の末期の話は、ボッシュが最後に聞いたときから何年も経っていたのに変わっておらず、そこに重要な意味があった。

　ギャラガー一家失踪から数ヵ月、ウォルシュとマクシェーンが表向きは、一家と事業主が戻ってくるのを待ちながら事業を維持していこうとしていたときに関する質問をして、ボッシュは聞き取りを終えた。マクシェーンがクレイグリストに広告を出し、機材を貸しだすよりも売り払おうとしていたのは知らなかった、とウォルシュはあらためて繰り返した。すなわち、事実上倉庫と機材置き場が空っぽになった会社をあとに残して、マクシェーンも姿を消すまで。

「みんなをだましたように、彼はわたしもだましたんです」ウォルシュは言った。「足場やクレーン、すべての機材が長期間ないことにわたしたちは慣れていました。それらは長期の計画で使われるものだったからです。彼が売ったせいで、それらはけっして戻ってくることがないなんて思いもよらなかったんです」

「マクシェーンが姿を消した日についてなにか覚えていますか？」ボッシュは訊いた。

「数日がかりでした。彼はある日出社せず、電話をかけてきて、病気にかかったと言ったんです。二日休むことになるだろう、と言いました」

「だけど、そうじゃなかった」

「ええ、二日経って、あいかわらず姿を見せずにいたところ、ＪＬＧ社のリフトの件で問題を抱えているという顧客が来社したんです。その人が言うには、そのリフトをフィンが自分に売ったのだ、と。フィンから保証書を渡されており、故障したリフトの修繕をしてほしい、と顧客は言いました。そのときはじめてわたしはフィンが機材を売っていることに気づいたんです。わたしは彼の番号に電話しましたが、その番号にはかかりませんでした。不通になっていたんです。怪しいと思い、会社の銀行口座を調べたところ、すっからかんになっていました。彼が全部持って、行方をくらましたんです」

「あなたは警察に通報した」

「一家がいなくなったときに連絡した失踪人担当の人に連絡したところ、その人は調べてみる、と言いました。そしてそのあとで砂漠のあそこで死体が発見され、あなたが事件を引き継いだんです。フィンがどこにあのお金を動かしたのかわかったんですか？」

ボッシュは首を横に振った。質問に答える側になるのは好きではなかったが、この質問には答えた。

「暗号通貨に変換されていました」ボッシュは言った。「ビットコインは当時かなり新しいものだったんですが、われわれはその後どうなったのか追跡できなかったんです。消えてしまいました」

「残念だわ」と、ウォルシュ。

「ええ、残念です。では、お暇《いとま》することにします。お時間をいただき、ありがとうございました。もしここに紙があれば、ほかになにかあなたが思いついたときに備えて、わたしの携帯電話の番号をお伝えしますが。わたしは名刺を持っていないんです」

「メモしますよ」

「こんな会話が新しい記憶を呼び起こすこともあるんです」

ウォルシュはテーブルから立ち上がり、キッチン・カウンターの下のひきだしをあけた。彼女はメモ帳とペンを取りだし、ボッシュは番号を伝えた。

「今回は、彼を捕まえられますか？」ウォルシュが訊いた。

「わかりません」ボッシュが答える。「そうしたいと願っています。だから、ここに戻ってきたんです」

「『道徳的宇宙の弧は長いが、正義に向かって曲がっている』」

「マーチン・ルーサー・キング牧師の言葉でしたっけ？　彼が正しいことを祈りまし

よう」

ボッシュはその家を出、ウォルシュがドアを閉めた。ボッシュは玄関の階段のところで立ち止まった。ボッシュがダウンタウンの市警本部殺人事件特捜班に勤務しながら一日二箱の煙草《たばこ》を吸う若い刑事だった当時、事情聴取を終えてだれかの家を立ち去る際に習慣にしていたルーティンがあった。刑事による予期せぬ訪問で目撃者あるいは容疑者にどのような影響が出るのか、計り知ることはできない。ボッシュは玄関ドアのすぐ外に立ち、煙草を取りだすのが常だった。そののち、なかなか火がつかないライターで煙草に火をつけようとする。そして風を防ごうとするかのように体を斜めにするのだが、実際にはドアのほうに耳を向けた。自分が立ち去ったあと家のなかで交わされる言葉を聞き取ろうと耳を澄ますのだ。何度も強《こわ》ばった、ときには腹立たしげな声を聞き取った。一度など、だれかが家のなかで、「おれたちがやったとあいつは知ってる！」と言うのを耳にしたことがあった。

最後に煙草を吸ってから数十年経っていた。シーラ・ウォルシュの家の外のポーチに佇み、煙草のパックのかわりにボッシュは携帯電話を取りだした。聞き取りをおこなっているあいだになにかメッセージが入っていないかどうか確かめた。ひとつ入ってきており、それはバラードからのショートメッセージだった――

ニュースがある。用が済んだら電話して。

ボッシュはなにか聞こえないか確かめようとわずかに体をひねった。ウォルシュの声が聞こえた。会話をしている一方の声が聞こえるだけであり、彼女が電話をかけていることを示していた。

「ギャラガー事件を担当していたあの刑事が、いまさっきここにいたの」ウォルシュは言った。「いきなり姿を現したのよ……」

声が尻すぼみになり、それ以上なにも聞こえなくなった。どうやらウォルシュは家の奥へ歩いていき、玄関ドアから離れていったようだ。

ボッシュはポーチの階段を下り、自分の車に向かった。玄関前の階段で自白を耳にした事件を思いだしてボッシュは笑みを浮かべた。いま、シーラ・ウォルシュはだれと電話しているのだろうか、そしてそれがフィンバー・マクシェーンであるというのはありうるだろうか、とボッシュは思った。

11

バラードはボッシュより先に〈バーズ〉に着いた。ボッシュはサンフェルナンド・ヴァレーの奥からはるばる向かっており、ラッシュアワーの渋滞の向きとは反対であってもしばらくかかるだろう。バラードはビールを注文したが、食事の注文は控えていた。出るまえにコピーしてきたローラ・ウィルスンの殺人事件調書の時系列記録に目を通していた。複写禁止のルールを破っているのはわかっていたが、いまは破るのが自分のルールだと感じていた。

四十五ページの事件時系列記録を読み通すのは、今回で三度目だった。ウィルスン殺害事件がパールマン事件と結びついた以上、バラードはこの事件が自分自身の担当事件であるように知らねばならなかった。その知識を得るための手段がこの時系列記録であり、当初の捜査員たちの捜査を綿密に記録したものだった。彼らの捜査は逮捕と起訴につながらなかったものの、彼らがたどった道のりは非常に参考になるだろう。

若い女優志望者として、ローラ・ウィルスンは、市内全域の人々と無数の関わりを持っていた。カルヴァー・シティからハリウッド、バーバンクにあるスタジオやプロダクション施設での公開オーディションに次から次へ出かけていた。エンターテインメント業界でのソーシャル・ネットワークを築くのが彼女の仕事だった。それが彼女の選んだ職業での仕事の可能性を知らせてくれるかもしれないのだ。そのパターンに加えて、彼女はハリウッドのサイエントロジーの施設やイベントに足繁《あししげ》く通っていた。また、週に二度、生徒十二名の演技講習に参加しており、月に一度、彼女の所属する演劇集団はバーバンクの劇場で公演をおこなっていた。これらの活動で個人的に数多くの交流があり、そうしたつながりのどこかに彼女を殺した人間がいた可能性があった。

予想どおり、時系列記録には被害者である若い女性の生活をなんとか把握しようとした捜査員たちの努力が詳細に記されていた。刑事たちは彼女の交流を、「ハリウッド」、「サイエントロジー」、「その他」の三グループにわけた。元交際相手のふたりの男性——ひとりはLA在住でもうひとりはシカゴ在住——が聴取され、アリバイが証明された。捜査員たちは数週間、数ヵ月、聞き取り調査をおこない、記録確認をし、前科のある知人に圧力をかけた。それでも疑惑のある人間が浮かび上がらず、事件は最終的に迷宮入りした。

時系列記録への最後の入力は、年次の適正な注意義務《デュー・デイリジエンス》で、たんに事件は未解決のまま で、あらたな情報を求めているとだけ記されていた。

バラードは時系列記録のページをクリップで留め直し、テーブルに置いた。きっとボッシュが家に持ち帰って読みたがるだろう、とバラードは思った。携帯電話を取りだし、彼に電話して、まだどれくらい遠くにいるのか確かめようとしたとき、ネルスン・ヘイスティングスから電話がかかってきた。

「やあ、刑事さん」ヘイスティングスは言った。「サラ・パールマン事件で大きな進展があったと聞いたんだ。うちの先生に伝えられることはあるだろうか？」

「だれがそれをあなたに話したの？」バラードが訊いた。

ロウルズが漏らしたのはわかっていたが、ヘイスティングスがどう答えるのか確かめたかった。信頼のマトリックスとバラードが呼んでいるものの話になるだろう。関わり合う人々の細部、行動、反応、発言によって、相手にどれくらい信用をおけるかおけないかを判断する。まだヘイスティングスと彼のボスである市会議員に関する情報を集めている最中だった。

「きょう車で家に向かっている途中でたまたまテッド・ロウルズと話したところ、彼がその話をしてくれたんだ」ヘイスティングスは言った。「彼が知っていることにわたしは驚いたが、わたしは知らされていない。事件に関しての情報をわたしにたえず連絡してくれると取り決めたと思うんだが」

「えーっと、大きな進展と呼ぶのは時期尚早だと考えているので、お知らせしていないんです」バラードは言った。「サラの殺害を、十一年後に起こった別の殺人事件と結びつけることができました。ですが、新しいほうの事件も未解決のままであるため、進展とは呼びがたいです。たんに被害者がひとりではなくふたりになっただけです」

「どうやって結びつけたんだ？」

「DNAです」

「サラの事件にはDNAは見つかっていないと思ってたんだが」

「きのうまではそうでしたが、われわれがDNAを見つけ、今回のあらたな事件とつながったんです」

「その被害者の名前は？」

「ローラ・ウィルスン。サラより数歳上です。ですが、事件に類似点があります。彼女もまたベッドの上で性的暴行を受け、殺されました」

「なるほど」

「ですが、いまのところわれわれが摑んでいるのはそれだけなので、肩の力を抜いて下さい、ヘイスティングスさん。もしそこからなにかパールマン議員が知るべき進展があれば、まっさきにあなたに連絡します」

「ありがとう、刑事さん」

ヘイスティングスは電話を切り、バラードが顔を起こすと、ボッシュがレストランに入ってくるのを目にした。バラードが手を振って相手の目を引くと、ボッシュは近づいてきて、コーナー・ブースにスッと腰を滑りこませた。

「聞き取りはどうだった？」バラードが訊いた。

「目新しいことはなにもなかった」ボッシュは言った。「だが、再出発するにはいい場所だった。彼女はおれが出ていった直後にだれかに電話をかけていた。そこは興味深い」

「それってあなたが話してくれたあのトリックでしょ、玄関の階段に立って、聞き耳を立てるという？」

「うまくいくこともあるんだ。で、なにがあった？」

「あなたのおかげで、掌紋からDNAを採取でき、それで別の事件がヒットした」

「どこで？　いつ？」

「ここで、二〇〇五年に起こった事件。実際には、タマリンドの角を曲がったところで」

「おれはタマリンドに車を停めてきたところだ」

「現場を確認するため、ここを出てから歩いていくつもり。これがその事件の時系列記録。もし今夜読みたければ持っていってかまわないわ」

「アーマンスンではコピーした書類の持ちだしは厳禁だったんじゃないのか」

バラードは笑みを浮かべた。

「あなたが持ちだすのは厳禁。わたしはボスなの。わたしはコピーできる」

「わかった。ダブルスタンダードだ――ロス市警で出世するぞ」

「それはあなたが思うほどおもしろいものじゃない」

「オーケイ、その事件のことでほかになにがわかってる？」

バラードはウィルスン殺害事件の調書を読み通したことで得た重要な点を検討しはじめた。

「要するに、もしふたつの事件のあいだに遺伝子的なつながりがなかったとしたら、わたしは両者を結びつけようとしなかったでしょう」バラードは言った。「一方の被害者は白人で、もう一方は黒人――一方は十代で、もう一方は二十代――一方は首を絞められ、もう一方は刺殺されている。一方は両親と兄といっしょに住んでいた自宅で殺されており、もう一方は独り暮らしのアパートで殺されている」

「だけど、両方とも性的暴行を受け、ベッドのなかで殺されている」ボッシュは言った。「事件現場の写真を見たか？　第二の事件の被害者の顔は覆われていたのか？」

「いいえ、犯人は覆っていなかった。サラ・パールマンを殺してから十一年経って、犯人は自分がしたことを恥ずかしいとは思わなくなった」

ボッシュはうなずいた。ウエイターがテーブルにやってきて、ふたりともロティサリー・チキン・プレートを注文した。ボッシュはバラードがいま飲んでいるものを自分も頼むと言った。ウエイターが注文をキッチンに伝えにいってから、ボッシュは口をひらいた。

「ふたつの事件のあいだが十一年空いている」ボッシュは言った。「そんなことはありえない」

「わかってる」バラードが言った。「ほかにも殺しているにちがいない」

「この二件はミスだったんだ」

「DNAを残した場所がね」

「ほかにもある――二件は十一年を隔てているが、両方ともLAで起こっている」

「両方ともハリウッドで発生した」

「行きずりの犯行ではない」

「犯人はまだここにいる」

ボッシュはうなずいた。

「その可能性が高い」とボッシュは言った。

食後、ふたりはレストランをあとにして、タマリンド・アヴェニューまで歩いていった。角を右折し、通りを北に向かう。通りの両側には戦後建てられた二階建ての共同住宅が並んでいた。共同住宅の名前は、カプリとかロワイヤルとかだった。バラードはローラ・ウィルスンの借りていたアパートの建物――ウォーリックという名だ――を通りの東側のブロックのなかほどに見つけた。

バラードとボッシュは並んで立ち、その建物のファサードを黙って見つめた。流線形のモダンなデザインの建物で、藍緑とクリーム色に塗られていた。空気力学に沿った形をして、安全そうに見えた。何年もまえにそこで発生した暴力の痕跡はなかった。

バラードは二階の左側にある窓を指さした。

「彼女の部屋は正面の二階」バラードは言った。「あの角にあった」

ボッシュはうなずくだけだった。

「あした、チーム全員をこの事件捜査にあたらせる」バラードは言った。「なんとしてもこの犯人を捕まえないと」

ボッシュはふたたびうなずいた。

「少しのあいだマクシェーンを保留にしておいてもらってかまわない？」バラードは訊いた。

「いや」ボッシュは言った。「だけど、なんとかするよ」

12

自分の作業スペースから、ボッシュはバラードがチームの面々を集め、サラ・パールマンとローラ・ウィルスンの事件に集中するよう伝えるのを眺めた。昨夜、〈バーズ〉でロウルズを除く全員を呼びだすつもりでいる、とバラードから聞かされていた。なぜなら、ロウルズに自分たちの行動を逐一《ちくいち》ネルスン・ヘイスティングスにバラされたくなかったからだ。その代わり、バラードはロウルズにメールを送って、事業の揉めごとの火消しをするのに必要なら、一日オフにしてかまわないと伝えていた。自分が知る捜査員としてのロウルズの労働意欲に基づいて、バラードはロウルズからの反応がサムズアップの絵文字で、彼は姿を現さないだろう、と予測した。いまのところ、バラードの思ったとおりだった。

バラードはポッドのそれぞれの捜査員に任務を割り当て、多くの新鮮な目で見て、ふたりの被害者がおなじ殺人犯と交差する地点を見つけるという意味で、彼らが新境地を切り拓《ひら》いてくれることを期待した。ふたりの若い女性は、年齢も人種も経済状況も経験も異なっていたが、それぞれの生活のどこかに結びつきがあるはずだった。バラードはボッシュに事件現場の見直しを任せ、チームのほかのメンバーには家族や友人、参考人の証言を見直す仕事を割り当てた。トム・ラフォントは医療関係の手がかりを扱う。当初の刑事たちは、尿の血液から与えられる捜査の可能性を追求していなかった。尿中の血液は、腎臓または膀胱の疾病の可能性を示唆しており、病院で処置されているか、いずれ処置が必要な段階に達するかのどちらかだった。

「容疑者が死んでいるかもしれない可能性もあるってことだな」ラフォントが警告を出した。

「その可能性はある」バラードは言った。「だけど、犯人を突き止め、ふたつの事件を解決しなければならないことに変わりはない。パールマン議員が市議会におけるわたしたちの守護聖人であることをみんなに念押しする必要はないでしょ。彼の妹の身になにがあったのか回答を得られれば、この班を向こう数年間は生きながらえさせることができるの」

ボッシュはこの事件が抱えている政治的権謀が好きではなかったが、家族が答えを必要としているのは十分理解していた。ボッシュ自身、子どものころ殺された自分の母親に関する答えを手に入れるのに三十年以上かかった。その答えは気持ちの整理をもたらさなかったが、自分の努力に決着はついた。その点から、ジェイク・パールマンが求め、必要としているものを十分理解していた。それを手に入れるのに自身の政治力を振るっているという事実は理解できるものだった。もし自分がそんな力を持っていたなら、母親の件でおなじことをしたはずだった。その代わりにボッシュはバッジの力を使ったのだった。

バラードは早めに出勤して個々の捜査員の担当に合わせた書類一式のコピーを作成していた。会議の終わりにそれを彼らに渡したが、ボッシュにはウィルスン事件の科学捜査報告書と事件現場写真のコピーを含む厚さ三センチ弱のプリントアウトを含めて、渡した。

割り当てられた仕事をはじめるまえにボッシュはシーラ・ウォルシュの聞き取りをしてからずっと気になっていたことをやりたかった。ウォルシュの自宅の侵入事件に関してなにか見逃したせいでギャラガー一家殺害事件の捜査を台無しにしてしまったのではないかと考えて、一晩じゅうろくに眠れなかったのだ。

バラードが自分の作業スペースに腰を落ち着けるとすぐ、ボッシュは立ち上がり、ポッドの端からまわりこんだ。

「ある名前の犯罪記録を調べる必要がある」ボッシュは言った。「それをやってくれないか？」

「ウィルスン事件で？」バラードは訊いた。「もう？」

「いや、ギャラガーでだ」

「ハリー、あなたにはウィルスンとパールマンに取り組んでもらいたいの。きのうの夜、それに同意してくれたと思った。それにたったいまみんなに、これがどれほどわたしたちにとって重要か話したばかりよ」

「きょう、それには取り組むつもりだが、一晩じゅういまの件を考えて起きていたんだ。ウィルスンのあとで戻れるよう、まず調べてみて、なにが手に入ったのか見てみたい。いいだろうか？」

「名前はなに？」

ボッシュはシーラ・ウォルシュの侵入事件の指紋報告書を手にしていた。バラードが全米犯罪情報センターのデータベースのポータルをひらくと、ボッシュは犯罪記録を調べたかった名前を読み上げた。

「ジョナサン・ボートマン、一九八七年七月一日生まれ」

バラードはそれを入力し、データベースが検索結果を出すまで待った。

「何者なの？」バラードは訊いた。

「シーラ・ウォルシュの息子だ」ボッシュは言った。「たぶん若いころの結婚で生まれた息子だろう。シーラは離婚したか再婚したかでラストネームを変えている」

「で、あなたは一度も彼の前科を調べてなかったの？」

「当時調べてみた。前科はなかった。殺人事件調書にその記録は入っている。だけど、いま現在、経歴が綺麗《きれい》なままなのか確かめたいんだ」

「そうじゃないだろうと思う理由はなに？」

「なぜなら、シーラ・ウォルシュの家の不法侵入に関する事件報告書を読んだのはきのうが最初だったからだ。マクシェーンの指紋が見つかり、侵入したのは彼だとみなされていた。おれはそのころには引退しており、デヴォンシャー分署がその事件を扱った。その件をルーシー・ソトから聞いて、おれもそれをマクシェーンがまだ生きていて、地元にいる証《しるし》として受け取ったんだ。だが、きのう、おれは考えを変えた」

「どうして？」

「事件報告書だ。そこには冷蔵庫から食べ物が盗まれ、ハンドバッグが空にされ、携帯電話と古いレコード・アルバムのコレクションが盗まれたと記されていた。アマチュアの手口だ。麻薬中毒者が手っ取り早い盗みを働いたみたいだ——食べ物と現金と、麻薬を一服するために売り払えるようなものを手に入れる」

「アルバムね。ハリウッドじゅうにレコードを買ってくれる店があったのを覚えているわ。〈アメーバ〉とか何軒か」

「息子の指紋が見つかっていたが、問題なしとされた。母親が――シーラ・ウォルシュが――息子が定期的に家を訪れていたと言ったからだ」

「この話がどこにいこうとしているのかわかった。麻薬中毒患者は重大な犯罪に手を染めるまえにたいてい家族から金を巻き上げる。なぜなら家族は訴えようとしないとわかっているから。少なくとも最初のころは」

「そのとおりだ」

「で、もしその息子が不法侵入をしたのなら、マクシェーンの指紋がその家にあったことはまったくちがう意味を持つ」

「それがおれの考えていたことだ。加えて、きのうおれが出ていったあとでシーラがかけた電話だ。マクシェーンにかけたんだと期待していたが、たぶん彼女の息子にかけたというのが、より理にかなう」

「でも息子の仕業かもしれないと思ったのなら、なぜ彼女は不法侵入の通報をするの？」

「あとになるまで息子が犯人だとわからなかったんじゃないか。そんな立場に立たされたおおぜいの人間が、自分たちの息子や娘がそんなことをするとは思わないものだ」

検索結果がバラードの画面に出はじめた。

「ボートマンは、いまでは犯罪歴があるわね」バラードが言った。

ボッシュは画面を読もうと身を屈《かが》め、バラードの机に片手を置いて、体を支えた。

ジョナサン・ボートマンは、麻薬所持、飲酒運転、不法徘徊《はいかい》、風紀紊乱《びんらん》の犯罪歴があった。それらすべての逮捕は、ギャラガー一家殺害事件のあとで起こっていた。当時、ボッシュは決まり切った手順としてボートマンの名前を調べていたし、ロス市警を辞めてなければ、不法侵入事件後も調べていただろう。それ以降、ボートマンは麻薬常用者と犯罪の道を下っていった。麻薬所持で起訴されたときは、答弁取引をおこない、郡/USC共立メディカル・センターでの六ヵ月間のリハビリプログラムに参加することで実刑を免れた。全米犯罪情報センターの報告書には、逮捕時の顔写真が添付されており、それを見ると、ジョナサン・ボートマンが転落の一途をたどっていったのが如実にわかる。順を追って顔写真のなかの顔が痩せていき、やつれていった。最後の顔写真は、皮膚に染みが浮き、下唇がただれており、なによりも自分が刑事司法制度に呑《の》みこまれているという事実になんの反応も示していない死んだ目を浮かべていた。

「顔写真を見ているかぎりでは、覚醒剤《メス》だろうな」バラードは言った。

「ああ」ボッシュは画面を指さしながら言った。「すべての逮捕は侵入事件後だ。当時、おれがその事件を担当していたなら、このことに気づいたはずだ」

「だけど、あなたはいなかった。引退していた。だから、その件で自分を責めるのは止めなさい。ひょっとしたらいまからなにかにつながるかもしれない」

「かもしれないな」

だが、ボッシュはそれでも自分がへまをやり、ギャラガー一家を失望させたような気がしていた。もし引退するのではなく事件に取り組んでいれば、侵入事件とマクシエーンとは結びついておらず、彼の指紋がガラスの文鎮についていたのは別の理由があるはずだと気づいていたはずだ。

ボッシュの考えを読んだかのようにバラードは彼にさらなる赦《ゆる》しを与えようとした。

「覚えておいて」バラードは言った。「シーラ・ウォルシュは、それがなんなのかわからず警察に通報したの。だから、間違ったのはあなただけじゃない」

「彼女は母親だ」ボッシュは言った。「おれは警官だ。警官だった」

「わたしが言おうとしてるのは――」

「その報告書を送ってくれないか？　顔写真を含めて」

「ハリー、ねえ。これこそわたしたちが事件を見直している理由なのよ。あらたな目で見るために。以前は見られなかったものを見るために。だから、ここで勝負に勝って。あなたには取り組むべきまったくあらたな観点があるの」

「送ってくれるかい？」

「ええ、送るわ。だけど、この事件で横道にそれないで。あなたにはパールマンとウイルスンに取り組んでもらいたいの。本気で言ってるのよ」

「心配するな、きょうの終わりまでに事件現場と鑑識結果に関するおれの見立てを伝えるよ」

ボッシュはバラードからのメールを待つため、自分の作業スペースに戻っていった。全米犯罪情報センターの報告書を画面に呼びだすとすぐ、それをプリンターに送った。ボートマンの最後の逮捕は二年まえだったのを心に留《と》める。それ以降、改心して、まっとうになったのかもしれない――少なくとも法律を破らずにいる。グリーンキーパーとしての仕事をしていると記されている事実は、恢復《かいふく》を強く示唆していた。

ボッシュは書類一式の一部である逮捕時写真を見て、ボートマンの顔を覚えこんだ。それからサンドキャニオン・カントリークラブの住所をググり、その住所を携帯電話のGPSアプリに入力した。

ボッシュはノートパソコンを閉じ、まずプリンターのところに、ついで自分の車に向かうため、立ち上がった。

「ハリー、出ていくの？」ボッシュがうしろを横切ると、バラードが訊いた。

「プリンターだ」ボッシュは言った。「それからドライブしてくる」

「ドライブ？　どこに？」

「心配しないでくれ、すぐに戻る」

動きつづける自分をバラードがじっと見ているのをボッシュは感じた。

数分後、チェロキーのシートベルトを締めていると、バラードからショートメッセージが届いた。彼女は憤っていた。

あんなふうに出ていくのはわたしの権威を失墜させる。二度とやらないで。

ボッシュは自責の念と憤りの両方を感じた。ひとつの家族の殺害事件を解決しようとしており、ボッシュにとって、それはこの世のほかのなによりも優先される事項だった。ボッシュはバラードにメールを返したが、これ以上状況を悪化させるようなことはなにも言わないように自制した。

それはすまなかった。事件に取り組むとおれがどうなるか知ってるだろ。二度としない。

返事があるかどうか待った。返事がないので、ボッシュは車を発進させ、駐車場の出口に向かった。

数分後、ボッシュは午前中なかばの比較的おだやかな車の流れに乗って、北向き405号線を進んでいた。フリーウェイはここで高架になっており、右手に近づいてくるセンチュリー・シティの高層ビル群と、真正面にサンタモニカ山脈がよく見えた。GPSアプリによると、サンドキャニオン・カントリークラブに到着するまで五十八分かかるという。ボッシュはラジオをKJAZZ局に合わせ、シェリー・バーグ・トリオが演奏する「ブラックバード」のテイクを捕らえた。古いビートルズの曲だ。

ボッシュはボリュームを上げた。ドライブにうってつけの音楽だった。

13

バラードはボッシュに腹を立てないよう自分に言い聞かせた。彼をチームに入れたからといって彼がチームプレーヤーになるわけではないとわかっていた。それはボッシュのＤＮＡにはないものだ。バラードは立ち上がり、ボッシュの作業スペースにいった。ボッシュのためにまとめたウィルスン事件の資料一式が彼の机の上に鎮座していた。きょうの終わりまでにウィルスン事件に関する見立てを伝えるとボッシュは言ったのに、目を通すための記録類を持っていかなかったのだから、それは無理だろう。バラードは書類の束を手に取り、自分の作業スペースに戻した。ボッシュがやらないというのなら、その作業は自分がやることになるだろう。

ウィルスン事件のチーム分担のなかで、バラードはローラ・ウィルスン関連のデジタル・メディアを自分の仕事に割り当てていた。被害者のノートパソコンと携帯電話のデータは、当初の捜査員によってＵＳＢメモリーにそれぞれダウンロードされ、殺人事件調書の表紙裏のポケットに入れられていた。バラードは個々のUSBメモリーに記録されている素材にすでに目を通していたが、より深く調べてみるつもりだった。だが、そのデジタル作業を脇へどけ、ボッシュに渡していた資料をまず見てみることにした。

すでにウィルスンとパールマンの事件を結びつけたあとで、科学捜査の報告書と事件現場写真は詳しく吟味していたので、今回のあらたな見直しを別の角度からおこなうことにした。事件現場に立ち会おうと、写真を見ていようと、捜査員はつねに中心に注目する——死体に。ここにある写真は、サラ・パールマンの現場写真を見るのとおなじようにおぞましいものだった。若い女性の体がさまざまな形で蹂躙《じゅうりん》されていた。希望と夢を盗まれた静物画。バラードはそれらの写真を脇に置き、外側からなかに向かって進むことにした。

事件現場カメラマンは綿密に、殺人事件が発生したときの被害者の住居全体を——内側と外側から——くまなく写す「環境写真」を何十枚も撮影していた。それらの写真のなかには、クローゼットやキャビネットやひきだしの中身、額に入れて壁にかけられた写真を撮影したものも含まれていた。それらすべてによって殺人現場の環境全体に事件担当捜査員はすぐにアクセスできるようになっていた。また、自宅を被害者がどのように設《しつら》えていたかを目にすることで、捜査員たちが被害者をよりよく理解できるようにしていた。生きている彼女がなにを大切にしていたのかを捜査員たちにわからせた。

ウィルスンのアパートは寝室がひとつしかなかったが、衣服やほかの持ち物を収納するためのスペースはたっぷりあった。バラードは写真をじっくり眺め、気になったところを拡大した。ウォークイン・クローゼットの衣服は、被害者が収入の大半を着るものに費やしていたか、あるいはワードローブを揃《そろ》えるための資金が両親あるいはほかの知人からの援助の一部としてあったことを示していた。付き合っているボーイフレンドがいることを示すものは、記録のどこにもなかった。ウィルスンは当時生まれたばかりのふたつのSNS――MyspaceとFacebook――を利用していたが、それらをバラードがまえに見たところでは、ウィルスンはハリウッドのパーティー好きの若者のようには見えなかった。自身の五年以内に目途をつけるという計画を真摯におこなっていたようで、アパートのなかの服や靴の豪華な品揃えはその一部である可能性が非常に高かった。コンピュータに残っていたオーディションの録画では、彼女が映画やTVの若くて洗練された役にしばしば挑戦していたのが記録されていた。そうしたオーディションの際に着用した服が入っているウォークイン・クローゼットをいまバラードは見ていた。そこには気を滅入《めい》らせるものがあった――この若い女性は計画を持ち、それに向かって懸命に働き、クローゼット・ドアの鏡のまえに立ち、役柄にふさわしい服装であることを確認していたのに、彼女の野心はおぞましい暴力の夜にすべて奪い去られてしまったのだ。この事件を二度と棚に戻しはしない、とバラードは自分に誓った。たとえなにがあろうと、自分が事件捜査をつづけているかぎり、この事件に取り組むつもりだった。

その誓いの瞬間の感情に動かされ、バラードは殺人事件調書の連絡先ページをひらいた。近親者としてリストアップされていたのは、シカゴに住むフィリップとファニータのウィルスン夫妻だった。フィリップは第十四区区議、ファニータは学校教師と簡潔に記されていた。電話をすることで古傷をひらいてしまうだろうとわかっていたが、バラードは、両親たちがどんな年齢になっても子どもの死を乗り越えることはないともわかっていた。バラードは、彼らに事件がもはや棚ざらしではなく、取り組まれていることを知らせたかった。

バラードは調書に記されているウィルスン夫妻の電話番号にかけた。十七年経っていたが、電話はつながった。年輩女性の声がした。ローラ・ウィルスンがまだ生きていたとすれば、彼女は四十を超えているはずで、両親は少なくとも六十代、おそらくはもっと上だろう。

「ミセス・ウィルスン？」

「はい、この電話はロス市警からですね？」

机の固定電話はロス市警の代表番号を相手に伝えている、とバラードは気づいた。

「はい、奥さん、わたしの名前はレネイ・バラードです。ロス市警の刑事をしています。未解決事件班の責任者です」

「捕まえたんですか？　わたしのベイビーを殺した男を？」

「いえ、奥さん、まだです。今回お電話したのは、再捜査が開始されたことと、われわれがあらたな手がかりを追っていることをお伝えするためです。たんにあなたに知っておいていただきたかったのです」

「あらたな手がかりとはどんなものでしょう？」

「いまここでその話をすることはできないんです、ミセス・ウィルスン。ですが、重要な進展があり、逮捕に至れば、まっさきにあなたとご主人にご連絡します。当面は、わたしの紹介をして――」

「主人は亡くなりました。Ｃｏｖｉｄにかかり、二年まえに死んだんです。感染流行がはじまったばかりのときに」

「それをうかがって、まことにお気の毒です」

「あの人はいまローラのところにいます。最後にはあの人は息ができなくなりました。娘のように亡くなったんです。息ができなくなって」

バラードはどうやって電話を切ればいいのかわからなかった。この電話はローラ・ウィルスンの両親に希望を与えるだろうと思っていたのだが、たんにこの家族の現在進行形のトラウマを思いださせただけだとわかった。

「ひとつだけお伝えできます、ミセス・ウィルスン。当面は、あなたとわたしのあいだだけの話にして下さい。ローラの事件と別の事件を結びつけました。両方の事件をいっしょに捜査することで、こんなことをした男にたどりつけるものと期待しているのです」

「ほかの事件とはどんなものです？　殺人事件という意味ですか？」

「はい、娘さんの事件よりまえに起こった事件です。DNAが一致しました」

「つまり、ローラが犯人に殺されるまえに、そいつはほかの人を殺していたということですか？　別の若い娘を？　警察は警告を出していたんですか？」

「今回の結びつきは、DNAを通じてようやく判明しました。犯行の諸要素は、かなり異なっており、事件が起こった当時、両者を結びつけることはできなかったんです。わたしの名前を書き取るものをお持ちですか？　質問やなにかほかのことが思い浮かんだ場合に備えて、わたしに直接連絡できる携帯電話番号をお伝えします」

ぎこちない話題転換だったが、バラードはこれでこの電話が終わることを願った。ファニータ・ウィルスンはバラードの名前と携帯電話番号を書き留めた。バラードはウィルスンに、なにか質問があったり、再開した捜査に役に立つかもしれないことを思いついたりしたらいつでも電話をかけてきて下さいと伝えて、通話を終えた。

バラードがようやく受話器を受け台に戻すと、コリーン・ハッテラスがプライバシー用パーティション越しに顔を突きだした。

「母親ですか？」ハッテラスは訊いた。

「そうよ」バラードは答えた。

ハッテラスがいまの会話を聞いていたことにバラードはいらだった。

「父親は亡くなった？」ハッテラスが訊いた。

「ええ」バラードは言った。「父親は娘に正義が果たされるのを見ることがなかった」

「Ｃｏｖｉｄで？」

「ええ」

バラードはハッテラスを見上げて、いまのは知識に基づく推測なのか、共感能力者の感覚によるものなのか、と訝《いぶか》ったが、訊かないことにした。

「参考人の供述の調査はどうなってる？」バラードは代わりに訊いた。

ハッテラスはローラ・ウィルスンの仕事の上での知り合いや個人的付き合いのあった知り合いから聞き取った供述資料を渡され、矛盾がないか、追跡調査が必要かなどの判断を求められていた。そのような追跡調査は可能性の低い賭けだった。殺人事件が起こったのはずいぶん前のことであり、聴取を受けた人々は、当時のことをいまではほとんど覚えていないかもしれなかった。

「いまのところなにも浮かび上がってきません」ハッテラスは言った。「でも、とりかかったばかりです」

「オーケイ」バラードは言った。「なにかわかったら教えて」

「証拠保管課に押収品を送るよう伝えたんですか？」

「伝えた。ブリーフィングのときにそう言ったわよ。きょうかあすにここに届くはず。どうして？」

「押収品リストを見せてもらえますか？」

「いいわ」

バラードは殺人事件調書のなかにそのリストをすぐに見つけ、リングから外すと、プライバシー用パーティション越しにその紙をハッテラスに渡した。

「なにをさがすつもり？」バラードは訊いた。

ハッテラスはすぐに返事をしないで、まず二〇〇五年に保管された押収品と証拠のリストに目を走らせた。

「なにが入っているか見たかっただけです」ハッテラスは言った。「彼女の寝間着と寝具が保管されているんだ」

「そのとおり」バラードは言った。「事件が起訴にこぎ着ければ法廷で提示される証拠になったはず」

「わたしはこの手の証拠からコミュニケーションを得られる場合があります」

「どういう意味かしら、その〝コミュニケーション〟というのは？」

「どう言ったらいいのかな、感覚──みたいな。メッセージです」

「コリーン、わたしたちはその道を進むことにはならないと思うの。わたしは法廷で相手側の異議を認められないように捜査を守らなければならない。わかる？　もしその霊能力のルートを進んだら──それからこれを個人的な意趣と受け取ってほしくないんだけど──こちらは信用性の問題にぶつかると思うの」

「わかってます。理解してます。たんなる思いつきです。もし捜査で壁にぶつかったら、一考の余地があるかな、と」

「オーケイ、心に留めておくわ。でも、いまさっき、あなたはこんな証拠からコミュニケーションを得られる場合があると言ったでしょ。そんなことを以前にいつしたの?」

「あの、表だってはやってないです。だけど、わたしの能力《ギフト》のことを聞きつけて、連絡してくる家族はときどきいます。そこからこの遺伝子系図学のジャンルに進んだんです。答えを求めている家族から連絡がくることがあります」

バラードはうなずくだけだった。ハッテラスがこのことを面接のときに言ってくれればよかったのにと思う。

「わたしはいまの仕事に戻るわ、コリーン」バラードは言った。

「はい」ハッテラスは言った。「わたしもそうします」

ハッテラスは壁の向こうに姿を消し、バラードは彼女をチームに入れたのがまちがった選択だったとしだいにわかってきたのをいったん脇へ置こうとした。事件現場写真の見直しに戻った。ローラ・ウィルスンの寝室にあるウォークイン・クローゼットには、シューズ・ラックの隣に造り付けのたんすがあった。カメラマンは、六本のひきだしそれぞれをあけ、中身を動かさないようにそのまま撮影していた。下の四本には、畳んだ服と下着と靴下がぎっしり詰まっていた。たんすの最上段を占めているふたつの小さめの隣り合ったひきだしは、ジュエリーやヘアバンド、その他の装身具でほぼ埋まっていた。そのひきだしの一本は、ガラクタ用のものだったようだ。レシート類、ブックマッチ、葉書、ばらの小銭、耳栓、携帯電話の充電器、ハロウィーンのキャンディーなどが入っていた。

だが、そのひきだしのなかにあったひとつの物がバラードの目を強く惹《ひ》きつけた。それは円形の白いピン付きバッジで、オレンジ色の文字で「ジェイク！」と書かれていた。バッジの下端には、赤白青の縞柄の短いリボンがついていた。

それを見て、バラードはいったん手を止め、すぐにコンピュータに向かい、グーグル画面をひらき、ジェイク・パールマンの名前を検索した。市会議員は国際的に名の知れた政治家ではなかったが、ウィキペディアのページが設けられており、そこには彼がロサンジェルスで権力を握るまでの道筋が書かれていた。そのページによると、彼は二〇〇五年の市議選にはじめて立候補していた。ある市議が選挙資金規正法違反で連邦政府の起訴を受けて辞任したあと空いたハリウッド地区の議席を求めて立候補したのだ。その選挙にジェイク・パールマンは敗れたが、熱心に政治活動をつづけ、十年以上経ってから、おなじハリウッド地区の市議の座を勝ち取ったのだった。

バラードはパールマンの初期の出馬については知らなかったが、選挙運動用のその応援バッジに見覚えがあった。市議は比較的最近の選挙でもそのシンプルな形のバッジを使っていたからだ。

バラードは椅子にもたれかかり、そのことを考えてみた。二〇〇五年の選挙は、十一月八日に投票がおこなわれた。ローラ・ウィルスンが殺害されたわずか三日後だ。その選挙運動期間のどこかでローラはバッジを手に取ったか、配られたかして、ガラクタ用のひきだしに入れた。もしなにか意味があるとしたら、これはどういうことだろう？　ウィルスンも殺すことになる男によって十一年まえに妹を殺害された候補者を支持するバッジが彼女の家にあったのは偶然だろうか？

バラードはこれは偶然ではなく、この結びつきは事件になにか関連していると考えざるをえなかった。これを追求し、さらに情報を摑まなければならない。

そしてバラードはハリー・ボッシュと話をしなければならなかった。

14

　ボッシュはゴルフをやらない。成長過程においては自分で賄えないほど金がかかるスポーツであり、また成人してからは、つねに仕事が忙しくて、ゴルフ・コースで五時間費やすような小旅行をする暇はなかった。それに加えて、やはり金がかかるし、飲酒と喫煙を伴う活動をスポーツと呼ぶのは抵抗があった。それはそれとして、グリーンキーパーが朝早く働いており、ゴルファーが電動カートとゴルフクラブと葉巻とともにやってくるまえにゴルフ・コースで仕事の大半をおこなっているのを知っているくらいにはゴルフのことを知っていた。

　ボッシュはサンドキャニオン・カントリークラブに十一時少しまえに到着し、コースの手入れに関わる機械が置かれ、グリーンキーパーたちが古いスナチマツの伸びた枝の下に長い休憩用テーブルを置いている目立たぬ施設をすぐに見つけた。ボッシュはゴルフにふさわしい服装ではなかったので、従業員たちはボッシュがロストボールをさがしていてたまたま自分たちのいるところに迷いこんだのではない、とすぐに気づいた。ボッシュは自分のほうを向いた多くの人間のなかにボートマンの顔を見つけ、手を振った。

「ジョナサン、少し話をできたらいいなと思ってたんだ」ボッシュは言った。

「あー、なんのことでおれと話すんだい？」ボートマンが言った。「あんた何者だ？」

「ハリー・ボッシュだ。きみの母親ときのう話した。たぶん彼女はわたしがきょう立ち寄るだろうときみに話したんじゃないかな」

「お袋が？　そんなことまったく言ってなかった。休憩中なんだよ。ここは一般の人間が来ちゃだめなんだぜ」

ボッシュは出口をさがそうとしているかのように、あたりを見まわした。そうすることで上着のまえがひらき、ベルトに留めているバッジがあらわになった。そのバッジは本物だったが、盾の下部に「引退した《リタイアド》」の文字が記されていた。長年そこには「刑事」の文字があったのだが。テーブルから十分離れていたので、ボートマンやほかのグリーンキーパーたちには読めないだろう、とボッシュは思っていた。

「わかった」ボッシュは言った。「時間を節約できるだろうと思ってたんだ。だけど、クラブハウスのオフィスに戻って、手はずを整えるとするよ」

ボッシュは入るときに通ってきたフェンスのあいているゲートに向かって戻りはじめた。予想どおり、ボートマンがボッシュを止めた。これがなんであれ、管理職を巻きこむのはいやだったのだ。

「オーケイ、待ってくれ、ちょい待ち」ボートマンは言った。

ボッシュは振り返り、ボートマンがベンチから滑るように離れるのを目にした。彼はテーブルをまわって、ボッシュのほうへ近づいてきた。ボッシュは、ボートマンの肌が綺麗になっており、逮捕時の顔写真より顔に肉がついていることを心に留めた。ボートマンは麻薬をやっていないように見えた。ボッシュが目を通した逮捕報告書によれば、ボートマンは三十五歳だった。麻薬を止めたかどうかにかかわらず、長年にわたる惑溺《わくでき》は容姿と物腰に年齢を加えていた。少なくとも四十歳には見えた。茶色い髪が薄くなり、猫背になっていた。また、外で働いていることから日の光を浴びて腕はよく焼けていたが、顔色は不健康そうに黄ばんでいた。なによりも多くを物語っているのは、彼の目がまだ死んでいることだった。

「これはなんの件だ？」ボートマンが訊いた。「管理職をからめる必要はないぜ」

「どこかふたりだけで話せる場所はないのか？」ボッシュが訊いた。

「あるとは言えないな。でも、ここから出よう。これはまずいんだよ。つまり、おれはここで働いてる、クソいまいましい警察にうろちょろされては困るんだ」

ボートマンはボッシュを案内して、グラウンド整備場をまわりこみ、新しい芝が太陽に焼けてしまわないように保護している天幕の下にある場所に向かった。天幕は風をはらんではためいている。木製パレットの上に四角い芝が百二十センチの高さに積まれており、張り替えが必要になればコースのどこにでも動かせるようになっていた。

ボートマンはふいに振り返って、ボッシュと面と向かった。

「オーライ、こんどはなんだ?」ボートマンは問いかけた。「おれは完璧にクリーンだ。二年と四ヵ月と六日、ずっとそうだ」

「きみがクリーンかそうでないかはどうでもいいんだ、ジョナサン」ボッシュは言った。「きみの麻薬使用歴の話じゃない」

「じゃあ、なんなんだ。それにお袋となんの関係がある?」

「きみの母親の家で起こった不法侵入事件のことを覚えているか? わたしはきのうその件で彼女と話をして、きみの名前が出てきたんで、きみがなにか覚えていることがないか確かめようと思ったんだ」

ボートマンは腰に両手を置き、彼なりに威嚇の姿勢を取ったつもりだった。ボートマンはボッシュより優に八センチは高く、自分の背丈と年齢が有利になると誤解していた。

「そんなことを話しにわざわざここに来たのか？」ボートマンは言った。「携帯電話が盗まれた十年まえの侵入事件のことで？」

「それを言うなら六年まえだな」ボッシュは冷静に言った。「それに盗まれたのは携帯電話だけじゃない」

「どうでもいいし。だれが気にするんだ？　おれはあそこにいさえしなかったんだ。おれの職場に来て、そんなくだらないことを訊くなんて、どういうつもりだ？　おれを首にさせたいのか、クソ野郎？　あんたがどれほど年を取っているのか知らないが、そのドタマをどやしつけて——」

相手が脅しを言い終わらないうちにボッシュは左拳をボートマンの顎の下に突き刺し、喉を突いた。ボートマンは最後の言葉を途中で切り、後退すると体をのけぞらせ、気管に空気を通そうとした。ボッシュはボートマンの肩に手を当て、体を支えた。

「大丈夫だ」ボッシュは言った。「力を抜け。すぐに息ができるようになる。力を抜くんだ」

ボートマンの脚から力が抜け、彼は尻から地面に落ちた。ボッシュは優しくボートマンを誘導し、仰向けになれるようにした。

「一瞬、息が止まっただけだ」ボッシュは言った。「力を抜けば、吸えるようになる」

ボートマンの顔はほぼ紫色だったが、徐々に赤みを帯びてきて、呼吸が正常に戻りはじめたのをボッシュは確認した。

「ほらな」ボッシュは言った。「もう大丈夫だ。普通に息をしろ」

「クソッタレ」ボートマンは言った。

その言葉はもつれがちな甲高い声で出てきた。

「わたしを脅そうとしたので、止めざるをえなかった」ボッシュは言った。

「そんなつもりは……」と、ボートマン。

ボートマンは話すのを止めた。まだそうするには早すぎるとわかったのだ。ボッシュはボートマンのそばにしゃがんで、もしボートマンが仕返しをしようと思うくらい愚かだった場合にもう一度殴ろうと構えた。

ボートマンは愚かではなかった。彼は力を抜き、やがて首をひねり、同僚たちのだれかが、自分が老人に倒されたのを見ていないか確かめようとした。

「あんたはなにが望みなんだ？」やがてボートマンは訊いた。

「不法侵入をおこなったのがきみだったのか確かめたいんだ」

「なぜおれが自分の母親からかっ払《ぱら》わなきゃならないんだ？」

ボートマンは立ち上がろうとしたが、ボッシュは彼の胸に手を当て、押し戻した。

「おとなしくしてろ」ボッシュは言った。「ドラッグを買う金のため母親からかっ払ったんだ。クリスタル・メス《メタンフェタミン》だったんだろ？」

「あんたと話す気はない」ボートマンは言った。「なにも話すもんか」

「本気か？　つまり、問題にはならないんだぞ。時効をとっくにすぎている。もしあの当時わたしが警官だったら、事情は変わっていたかもしれないが。だけど、きみは運よく、逃れた。もう起訴されないんだ。だから、わたしに話してもいいんだぞ」

「いま言ったように、なにも話すもんか」

ボートマンはボッシュから顔を背け、目を合わさないようにした。

「かまわんよ、ジョナサン」ボッシュは言った。「きみがやったんだ」

「ちがうわ、クソ野郎」ボートマンが言い返す。

「じゃあ、きのう、わたしが立ち去ったあときみの母親はきみに電話をかけて、なんと言ったんだ？」

「お袋はあんたがクソ野郎だと言ったんだ」

「ほんとか？　それは傷つくな」

「ああ、よかったな」

ボッシュはボートマンの頬を軽く叩《たた》いた。

「もうよくなっただろ、ジョナサン」ボッシュは言った。

立ち上がろうとするとボッシュの膝がバキバキ鳴った。バランスを保とうとして少しよろめき、さきほどの対決で生じた肉体の消耗を隠そうとした。ボッシュはボートマンに背を向け、駐車場に向かって戻りはじめた。

「**クソッタレ、じじい！**」

ボートマンは叫んだが、自信なげな声だった。ボッシュはわざわざ振り返らなかった。手を振って相手の罵詈《ばり》に応えると、角を曲がり、ボートマンの視界から消えた。

ボートマンがさほど経たぬうちに携帯電話で母親に連絡するだろうとわかっていた。それもボッシュには都合がよかった。シーラ・ウォルシュにこれがまだ終わっていないことを知っておいてもらいたかった。まだまだこれからだった。

15

バラードは考えごとがしたくてアーマンスンから離れたかった。ヴェニスのアボット・キニー大通りに車で向かい、〈ブッチャーズ・ドーター〉でハーベスト・ボウルを注文した。救急救命士のギャレット・シングルと別れて以来、ひとりで食事をするときはベジタリアンの料理を取りがちだった。シングルはバーベキューの腕前が自慢で、バーベキューがふたりの関係に不可欠な要素だったのだ。バラードはこの三ヵ月というものシングルと赤身肉を絶ってきた。いまは牛の胸肉より紅芯大根のほうが好みであり、肉屋の娘《ブッチャーズ・ドーター》のように、自分が赤身肉を好むようになるとは思えなかった。

バラードは食べながらなにげなく行動予定のリストをこしらえていた。するとそのリストの最初のほうに入れた連絡予定相手から電話がかかってきた。ネルスン・ヘイスティングスだ。

「たんなる様子うかがいだ」ヘイスティングスは言った。「きょう、先生に伝えられることはなにかないか確認しようと思って」

「あなたに連絡するつもりでした」バラードは言った。

「ほんとかね？　なにが起こった？」

「議員の選挙活動の記録をどこまで遡《さかのぼ》れるか、あなたに訊ねたかったんです」

「四半期ごとのCDRを訊いているなら、初日から残している。それがどうしたんだね？」

「CDRってなんです？」

「選挙活動寄付報告書《キャンペーン・ドネーション・レポート》だ。われわれは法律に則《のっと》ってその報告書を提出している。だけど、もう一度訊くが、それがなんだというんだね、刑事さん」

ヘイスティングスの声がいつもより切迫し、高くなっていた。選挙で選ばれた政治家がもっとも法律違反をしやすいのは、金に関する分野だろう、とバラードは推測した。バラードは急いで相手の懸念を鎮めようとした。

「これは選挙献金とは関係のない話です」バラードは言った。「スタッフやボランティア、その手のことはどうなっていたんだろう、と思ったんです。どこまで記録を遡れますか？」

「まあ、一部は残している」ヘイスティングスは言った。「確認してみないと。なにか特定のものをさがせばいいんだろうか？」

バラードは彼の声がいつもの落ち着いた口調に戻ったのに気づいた。

「ローラ・ウィルスン」バラードは言った。「彼女はひきだしに〝ジェイク！〟応援バッジを入れていました。ひょっとしたら、パールマン議員の選挙でボランティアだったかもしれないと考えています。選挙の献金をできるほどのお金は持っていなかったでしょうから。でも、彼女の両親はシカゴの政治活動に積極的でした。ウィルスンがこちらに来たときに関わった可能性があるかもしれない、と思っています」

「その女性はサラの十一年後に殺されたと言ってたね」ヘイスティングスは言った。「だとすれば、二〇〇五年、あるいは二〇〇六年かな？　ジェイクは六年まえまで市会議員にたどりつけなかったんだ」

「ええ。ですが、彼はいまとおなじ議席の欠員を埋めるための補欠選挙に二〇〇五年に出馬して、落選しています。ローラは彼が出馬していた選挙区に住んでいました。ですから、ひょっとして……」

「まあ、それはわたしの時代のまえだな。いま残っている記録を調べてみなきゃならない。もし彼女が選挙運動に関わっていたとしたらどういう意味があるんだね？」

「まだわかりません。被害者同士の結びつきをさぐっているところです。もし彼女がジェイクのために働いていたとしたら、それはきわめて興味深い結びつきになるでしょう。それがどこにつながっていくのか見定める必要があります」

「なるほど、言いたいことはわかった。こうしようと思う——記録を調べてみて、できるだけ早く連絡する。それでいいかね？」

「そうしていただけるとありがたいです。いまはオフィスを離れていますが、戻ったら、ウィルスンの写真を送ります。それが役に立つかもしれないので」

「そうかもしれない。いや、議員はわかると思う。彼は支援者の顔をけっして忘れないんだ」

「それはすばらしい。名前に心当たりがないか議員に訊いていただければ——」

「ご心配なく、そうするよ」

「ありがとうございます」

バラードは電話を切るとすぐにDNAラボのダーシー・トロイにかけた。医療的観点の仕事をトム・ラフォントに頼んでいたので、この電話でラフォントの気を悪くさせるかもしれないとわかっていたものの、事態を動かしつづけたかった。

「ダーシー、レネイよ。きょう、トム・ラフォントから連絡があった？」

「えーっと、ないな、連絡が来ることになってるの？」

「かならずしもそうだと決まってるわけじゃないけど、彼が連絡するかもしれないと思ってた。ウィルスン事件で、DNAを採取した検体綿棒はまだ残っているかどうか確かめられるかな？」

「確認できるよ。地区検事局からの廃棄命令がないかぎり残しているはず。その命令は事件が解決したときにしか出されないの」

「よかった。そこになにが残っているか確かめてもらえる？　そして、頼みがあるの」

「さらなる分析をしたいのね」

「そのとおり。血液についてもっと知りたい。二〇〇五年には、彼らはDNAを発見することにだけ関心を抱いていた。わたしはなぜ犯人の尿に血が混じっていたのか、その理由を知りたいの。殺人事件調書の報告書は、ごく一般的なものだった。腎臓の病気かもしれないし、膀胱の病気かもしれない。これだけ年月が経てば、血清学でもっとわかるんじゃないかな？」

「やってみる。なにが手に入るか確かめる」

「どれくらいかかる？」

「わたしがふだんやってることじゃないけど、わたしが仕切ってなにかできると思う。もし素材が残っているのなら。DNAの処理をするのに全部使い切ってしまうことがときどきあるんだ」

「そうなっていないことを願うわ。ありがと、ダーシー」

「任しとき」

バラードは電話を切り、すでに進めておいたとラフォントに伝えるのを忘れないよう自分に言い聞かせた。テーブルにあるものを全部バックパックに詰め、伝票の上に現金を置いて、レストランをあとにした。

アーマンスン・センターに戻るのに二十分かかった。車から降りようとすると、ネルスン・ヘイスティングスから折り返しの電話がかかってきた。

「なにか見つかりました、ネルスン？」

「捜査の役に立つだろうと思えるものはなにも。うちのスタッフの記録やCDR、献金者リストは、六年前のジェイク・パールマン初当選まで完璧に遡ることができる。それ以前の記録はどうやら保存されていないようだ。選挙に負けたのだから。事務所に訊いてまわり、議員本人にも当たって、だれかローラ・ウィルスンを覚えていないか訊ねてみたが、結果はゼロだった」

「望みは薄かったですものね。二〇〇五年当時、議員は選挙対策本部長を抱えていたんですか？　もし彼か彼女かわかりませんがそういう人がいたなら、ウィルスンがボランティアかなにかだったかを覚えているかもしれない」

　バラードがその質問をすると同時にボッシュの緑色のチェロキーがセンターの駐車場に入ってくるのが見えた。

「当時の選挙対策本部長の名前と連絡先情報を手に入れてみる」ヘイスティングスは言った。「だけど、自分の選挙戦で働いてくれていただれかが殺されたなら、議員は覚えているはずだ。それに正直な話、アフリカ系アメリカ人のボランティアや支援者ならそれだけでも覚えているはずだ」

　バラードはうなずいた。

「たぶんあなたの言うとおりだと思います」バラードは言った。「ご尽力に感謝します。二〇〇五年の選挙対策本部長の名前と電話番号を電子メールで送ってくださったら、とてもありがたいです」

　バラードはボッシュが車のハッチをあけ、箱を取りだしはじめているのを見た。箱に赤いテープが貼られていることから、証拠保管課から運んできた保管箱だとわかった。バラードはそちらに向かって歩きはじめた。

「バラード刑事、扱いの難しい問題を話してもいいだろうか？」ヘイスティングスが電話で言った。

「えーと、いいですよ」バラードは言った。「なんです？」

「きみはこの女性の死を議員あるいは選挙運動と結びつける道を進んでいるようだが、慎重に動くよう警告しておきたいんだ。議員がこの件に関わっていた可能性があると示唆するのは、馬鹿げたことであり、きみもそれに同意してくれると思うが、もしこのことがマスコミに漏れれば、大問題になりうる。だから、気をつけてくれ、バラード刑事。きみの手のなかにあるのは、数千の単位ではないにせよ、数百個は作られた十セントの選挙応援バッジなんだ」

バラードは返事をしようとして、駐車場通路のまんなかで立ち止まった。ボッシュがバラードの近づいてくるのに気づいて、チェロキーのうしろで待っていた。

「もちろん、慎重に用心して進めるつもりです、ネルスン。それにこれに関するわたしの疑問はどんな形でも議員に関わるものじゃありません。それは議員に伝えていただいてかまいません」

「そうさせてもらうよ、刑事さん」

ヘイスティングスが電話を切り、バラードはまたボッシュに向かって歩きだした。ボッシュは近づいてくるバラードの表情を読んだ。

「どうした？」ボッシュは訊いた。

「なんでもない」バラードは答えた。「議員の番犬からまたくだらない戯言を聞かされただけ。押収品を取りにいったのね」

「ああ。先方はウィルスン事件の箱を渡してくれた。きみからの依頼だと言ってた。おれが運ぶなら配達便を使わずに済む。ひとつ運んでくれるかい？」

「もちろん」

バラードは肩にバックパックをかけ、チェロキーの荷台に身を乗りだし、当初のウィルスン事件捜査の押収品を収めた箱を持ち上げようとした。その箱は六十×六十×六十センチの大きさで重くなかった。バラードはその箱を持ち上げ、バンパーに置くと、ボッシュを見た。

「覚醒剤中毒者とは話したの？」バラードは訊いた。

「ああ、話した」ボッシュは言った。「いまは覚醒剤をやっていないが、母親の家に侵入したのはほぼ認めたよ。あれがそいつの仕業だとわかったいま、マクシェーンに関する考えが変わった。マクシェーンは、殺人事件と不法侵入事件のあいだのいずれかのときにあの家にいた可能性がある」

「あのね、ハリー、あなたはそれをできないわ」

「できないとはなにが？」

「あなたにウィルスン事件捜査にあたってほしいと明確に伝えたのに、お気に入りの事件で横道にそれること」

「お気に入りの事件だと？　四人の人間——一家全員——が殺され、砂漠のなかに穴を掘って埋められたんだぞ。それをお気に入りの事件だと言うのか」

「あのね、それは大きな事件だし、重大な事件であるのは確か。でも、現時点では、ウィルスン事件に優先権があるの。わたしはあなたがギャラガー事件に取り組むのを止めるつもりはないけど、当面はウィルスン事件であなたが必要なの。それにあれこれ指図するガミガミ女みたいになりたくない。わたしのためにこれをやってくれないかしら？」

「おれはここにいる。おれはいつでも仕事をする用意ができている。おれがきょうやったことでシーラ・ウォルシュは考えるだろう——いったいボッシュはなにをしてるんだろう？　あの男はなにを狙っているんだろう？　と。おれがウィルスン事件に取り組んでいるあいだ、その考えを染みこませ、やがておれが戻っていくという寸法だ。おれはシーラ・ウォルシュと長丁場のゲームをしている。さて、おれになにをやらせたいんだ？」

「これをなかに運んで、話をしましょう」

「けっこう」

「よかった」

バラードは箱を持ち上げ、うしろに下がり、ボッシュは片手でふたつ重ねた箱のバランスを保ちながら、反対の手でハッチを閉めた。

「この箱をポッドに置いたら、どこかへ話しにいきましょう」バラードが言った。「あなたにはふたつのことを引き受けてもらいたいの」

「了解した《ラジャー・ザット》」

「それを言うの止めてくれないかな。みんなそれを言うのを止めないと」

「なにが悪いんだ？」

「インフルエンサーがTikTokでそれを言うようになって、鮫《さめ》を飛び越えたの（「鮫を飛び越える」は、落ち目になる、廃れる、の意。ここでは、「手垢のついた表現になった」くらいの意味）」

「なにを言ってるのか一言もわからない」

「それはいいことね。重くない？　大丈夫？」

ボッシュが二箱の重さに苦労しているようにバラードには思えた。

「大丈夫さ」ボッシュは言った。

「コーヒーを飲みたい?」バラードは訊いた。

「おれの心を読んだな」

「わかった。ポッドのだれもまだ知らない休憩室が二階にあるの。アカデミーの教官用だけど、きょうは卒業式のため、全員エリージャンのほうにいってる。そこへいきましょう」

「了解《ラジャー・ザット》した」

16

押収品箱をポッドに置いてから、バラードとボッシュは二階の休憩室に上がっていった。ブラックコーヒーを飲みながら、バラードはウィルスン事件の捜査がどうなっているかの最新情報を伝えた。被害者のウォークイン・クローゼットのガラクタ用のひきだしの写真をボッシュに見せ、彼の見立てを訊いた。その話をする際のバラードの自制をボッシュは見抜いた。たんたんと情報を届けている奥で、この捜査の切り口についてバラードを昂奮させているものがある、とボッシュにはわかった。

「まあ、ほかに説明がつかないかぎり、おれは偶然を信じない」ボッシュは言った。

「確認してみる必要はある。きみは──」

「パールマンの統括秘書に調べてみてと頼んだ」バラードは言った。「彼は落選に終わった市議選の記録を見つけられなかった。パールマン自身、ローラを覚えていないと答えているし、現在のスタッフのだれもその当時まで遡れない。ヘイスティングスが、二〇〇五年のパールマンの選挙対策本部長がだれだったのか教えてくれると言ってて、わたしはそれを追ってみる。そのときの選挙は、流れに任せてやる作戦だったと思う。パールマンにとって名前を広める方法だったけど、最初から、自分が勝利する可能性はあまりないとわかっていたんじゃないかな」

「ウィルスンはどうなんだ？　彼女の住居に、彼女が政治的に関わっていたか、動機付けがあったことを示すものはほかになかったのか？」

「アパートの部屋にはなかった。だけど、彼女の父親は、シカゴの区議として殺人事件調書に載っていた。だから、政治は彼女の教育のなかにあった。こっちで政治に興味を抱いた可能性はある。彼女のアパートは、パールマンが立候補した選挙区にあった」

ボッシュはなにも答えなかった。コーヒーに口をつけ、この切り口をどう進めればいいのか、そしてほかに追求すべき切り口があるときにこれは時間を費やす価値のあるものかどうか考えた。それで、バラードとおなじように、選挙応援バッジには興味をそそられるものがあると気づいた。パールマンの妹が殺害された十一年後にパールマンの選挙応援バッジが、おなじ犯人に殺された女性の家にあったのだ。

偶然と片づけるのは簡単だ。当時配布されたそんなバッジは何百個とあった、とバラードは言った。だが、偶然とは思えず、ボッシュはバラードの直観をとてもよく理解していた。

「当時の選挙対策本部長と話をしたら、バッジをいくつ作ったのか覚えているかもしれない」ボッシュは言った。「それにウィルスンの父親が政治の世界にいるのなら、きみは娘がこっちで選挙に関わっていると言ったかどうか父親に訊ねてみたくなるだろうな」

「父親は亡くなっている」バラードは言った。「Ｃｏｖｉｄで。わたしはウィルスンの母親と話をしたけど、それはこのバッジのことが出てくるまえだった。電話をかけ直して、政治がらみについて訊いてみる。それからローラが死んだあと、彼女のアパートをだれが片づけたのかも訊いてみる。可能性は低いだろうけど、ひょっとしたらだれかが彼女の荷物を持っているかもしれない」

ボッシュはうなずいた。その点は思いつかなかった。子どもを失った親は、子どもの思い出になるものを取っておくことがよくあった。

「いい考えだ」ボッシュは言った。「血液とＤＮＡの線でなにか新しいことは？」

「いまのところまだなにも」バラードは言った。「だけど、昼食から戻ってくる途中でラボのダーシー・トロイから電子メールが届いた。血清学関係の冷凍保管室をチェックしたところ、ウィルスン事件の分泌物――トイレで見つかったもの――を採取した綿棒がまだ残されており、さらなる試験をするのに十分な量が残っていたんですって。あしたにはわれわれの犯人の体のどこが悪かったのか、正確な情報がさらに出てくるのをダーシーは期待している」

「そいつはいいな」ボッシュは言った。

「当時、追求されなかったんだ」

「当時の捜査員は、DNAを手に入れただけで幸せな気分になったんだろう」

「まあ、彼らの見逃しはわたしたちの成果になるかもしれない。あきらかに二〇〇五年から技術は進歩しており、彼らが検出できなかったものを検出できるかもしれない」

「それがわかれば連絡してくれ」

「了解《ラジャー・ザット》した。クソ――こんどはわたし、わたしが言ってしまった！」

バラードが立ち上がり、空のカップをゴミ箱に捨てるのをボッシュはほほ笑んで眺めた。ふたりは階段を下り、ポッドに戻った。ふたりが近づいていくと、ボッシュはバラードが机の上に置いていた押収品箱があけられ、そのまえにコリーン・ハッテラスが立って、ピンクの寝間着のようなものを掲げ持っているのを見た。ポッドにはほかにだれもいなかった。

「コリーン、なにをしてるの？」バラードが訊いた。

「見てみる必要があっただけです」ハッテラスは言った。「感じるために」

「まず第一に、あなたはけさわたしたちが話し合ったあとでそういうことをしてはならなかったはず。第二に、そしてなによりも重要なのは、あなたは手袋をはめなければならなかったのにはめていないということ」

「手袋をはめるとうまくいかないんですよ」

「なにが？」

「わたしは彼女を感じる必要があるんです」

「それを箱に戻しなさい。いますぐ」

ハッテラスは指示に従った。

「自分の作業スペースに戻りなさい」バラードは命じた。

ハッテラスは不服そうにバラードの作業スペースから退いた。向きを変え、自分の作業スペースに戻っていく。

バラードはボッシュをちらっと見た。ボッシュがいままで見たことがないほど、バラードは腹を立てているようだった。ボッシュは自分の作業スペースに移動し、ギャラガー一家殺害事件の押収品箱に貼られた赤いテープを確認し、それがいじられていないことを見て取った。ボッシュは腰を下ろしたが、バラードがまだ昂奮のあまり座れずにいるのに気づいた。

「コリーン、家に帰ってちょうだい」バラードは言った。

「なんですって？」ハッテラスは言った。「わたしはこの件の先祖検索の最中なんです」

「かまわない。きょうはもうあなたの姿を見たくないの。帰ってちょうだい。わたしはこの件で考えごとをしなければならない」

「どんな考えごとを？」

「その道を進みたくないと、けさ、あなたに言ったのに、それにもかかわらずあなたはそこへいった。われわれのやっていることはチームの仕事よ。わたしはチームの責任者であり、あなたはわたしの命令をあからさまに無視した」

「あれは命令だと思ってなかったわ」

「命令だったの。だから、帰りなさい。いますぐ」

バラードは腰を下ろし、ボッシュの視界から姿を消した。ハッテラスの姿も見えなかったが、彼女が机のひきだしをひらいて、勢いよく閉め、ハンドバッグと思しきもののジッパーを手荒く閉める音が聞こえた。そののち、ハッテラスは立ち上がって姿を見せると、出口に向かった。バラードは、ハッテラスがポッドの端を通りすぎる際になにも言わなかった。

ハッテラスは出口に通じる通路を途中まで進んだところで、クルリと振り返り、バラードのところまで戻ってきた。

「役に立つかどうかはともかく、彼はそばにいます」ハッテラスは言った。「彼女を殺した犯人はとても近くにいます」

「ええ、あなたはマクシエーンについてもおなじことを言った」バラードは言った。

「考慮する」

「マクシエーンがそばにいるとは言わなかったです。とても典型的な反応なんです」

「家に帰りなさい、コリーン。あした話し合いましょう」

ハッテラスはクルリと身を翻すと出口に向かった。いったん彼女が姿を消すと、バラードは座ったまま背を伸ばし、パーティション越しにボッシュと目が合うようにした。

「彼女にどう対処したらいい？」バラードは訊いた。

ボッシュは首を横に振った。

「わからん」ボッシュは言った。「彼女がやっている遺伝関連の仕事がどれほど貴重なのか知らないんだ」

「とても貴重」バラードが答える。

「だれかほかの人間はいないのか？　リリアはどうなんだ？」

「コリーンは熟知してるの。だけど、あの霊能力の戯言は問題。彼女はあなたの箱もあけたの？」

「いや、無事だ」

「これはバッドエンドに向かっているなあ。こういう責任者の立場でいるのは、辛《つら》い。わたしはたんに事件を追っかけていたい」

「わかる」

バラードはまえに身を投げだして姿を消し、すぐにまた背を伸ばした。

「ここから出ないとだめね、ハリー」バラードは言った。「ヴァレー地区に出かける。それにはパートナーが要るの」

ボッシュは立ち上がった。出かける準備は整っていた。

17

ふたりはバラードの公用車に乗り、北向き405号線に入ったところでようやくボッシュはなにをするつもりなのか訊ねた。

「昼食のときに事件の行動予定リストをこしらえたんだけど、一件、横棒を引いて消したい聴取があるの」バラードは言った。「せいぜいのところ適正な注意義務《デュー・ディリジェンス》にすぎないけど、いずれにせよいいまがちょうどいい機会。あそこから出ていかなきゃならなかったし」

「問題ない」ボッシュは言った。「だれを聴取するんだ？」

「アダム・ビーチャーという名の男。彼とローラ・ウィルスンはバーバンクでおなじ劇団に所属していた。当時、ODは劇団の団長、ハーモン・ハリスという男に目星をつけていた。ウィルスンが亡くなる一年まえにハリスと関係を持っていたと聞いたからだった。ODは、ふたりのあいだに揉めごとがあったのかもしれないと考えた。ハリスは関係を否定し、ビーチャーをアリバイを証明する人間として出してきて、ODは捜査対象からハリスを外した」

ODというのが当初の捜査担当刑事《オリジナル・デイテクテイブ》を指す未解決事件捜査特有の言い回しであるとボッシュはわかっているだろうとバラードは思った。

「ビーチャーは事件の起こった夜、ハリスといっしょにいたと証言したんだな」ボッシュは言った。

「そのとおり」バラードは言った。「わたしもそのまま見過ごしていただろうけど、昼食時にそのふたりのことをたまたまググってみたら、数年まえ、ハーモン・ハリスが＃ＭｅＴｏｏで告発されて業界を追われていたのがわかった。エンターテインメント業界に関するロサンジェルス・タイムズの連載記事で取り上げられていた。ハリスに対する性的暴行とハラスメントの告発が男性からも女性からもおこなわれた。彼はまさにハリウッド的な遊び人で、『自分はゲイだから無罪だ』という策を巡らせるたぐいの屑《くず》だと思う」

「なるほど」

「タイムズの記事によると、匿名の情報源からもたらされた情報として、ハリスは自分の演劇クラスや劇団にやってきたゲイであることを隠している役者たちを常習的に強請《ゆす》っていたという。ゲイであるという噂を広げてキャリアを台無しにしてやると脅していた、と」

「それでアリバイ証言はビーチャーを脅して出させたものかもしれないときみは考えているんだ。ハリスはまだ劇団を運営しているのかい？」

「いえ、彼は死んだ。去年交通事故で――暴露された一ヵ月後に。１０１号線の橋台に衝突したの」

「自殺か？」

「その可能性が高い。いずれにせよ、いま言ったように、リストからこの項目を消したいの。〝別件解決〟は望まない。殺人犯を見つけたけど、人の法の届かないところにいる、とジェイク・パールマンに告げたくはない」

「よくわかるよ。ウィルスン事件のＯＤはどうなんだ？　もう連中と話をしたのか？パールマン事件の時系列記録で見たが、そちらの事件の当初の刑事たち《オリジナルズ》は亡くなってる」

「ウィルスン事件のＯＤには当たってみた。ひとりは死んでる。もうひとりはこちらの連絡に折り返してこない。彼はアイダホに住んでいるの」

多くの引退したロス市警の警官は、可能なかぎりそして資金的に許すかぎり、自分たちが働いていた場所から遠く離れたところに引っ越す。アイダホ州は、彼らのお気に入りの場所だった。犯罪が少なく、空気が澄み、保守的な政治とプライバシーに踏みこんでこない態度ゆえに大勢の引退警官によって青い制服を着た警官にとっての天国《ブルー・ヘブン》と呼ばれている。バラードがボッシュを好きな理由のひとつが、彼が長年その身を捧げてきた街にとどまる決断を下したところだ。

「メッセージを二件残しておいた」バラードは言った。「彼は電話してこない連中のひとりだと思う。自分が解決できなかったのなら、だれもできないはずだってね。そういうくだらない態度には腹が立つな」

　未解決事件に取り組んでいて、その問題に出くわすのははじめてではなかった。バラードには理解できなかった――被害者と大切なものを失った家族への正義より、刑事としてのプライドのほうを優先させるのが。ジェンダーの問題も関係している、とバラードは思っていた。老雄たちのなかには女性刑事が自分たちの失敗に終わった捜査を引き受け、事件を解決するという考えを気に入っていない連中がいる。あまりデュボースを積極的に追及しないのは、部分的にはそれが理由だ、とバラードは認めざるをえなかった。

「アイダホの男の名前はなんというんだい？」ボッシュは訊いた。「ひょっとしたら、現役当時知っていた人物かもしれない」

「デール・デュボース」バラードは言った。

「覚えはないな。だが、調べさせてくれ。だれか彼を知っている人間がいて、そのツテを通じて返事がもらえるかどうか確かめてみる」

「ありがと。それでなにが手に入るかわからないけど、訊いてみないことにはね。あいう古株は引退したあとで、いろいろ持っていくことがある。してはならないんだけど、してしまうんだよね」

「なんのことやら。で、デュボースはハリウッド分署だったのか、それとも本部の強盗殺人課だったのか？　その名前にまったく聞き覚えがないんだが」

「いえ、事件はノースイースト分署に移されたの。どうも、当時、ハリウッド分署は二件の殺人事件を抱えていて、全員でそれにかかっていたみたい。刑事部のトップだった警部補は、垣根を越えて、事件をノースイースト分署に放り投げた」

ハリウッド分署とノースイースト分署は、管轄が隣り合っていた。事件の量や人員の都合で、一方から他方へ事件が移行するのは珍しくなかった。

「わかった、じゃあ、デュボースに連絡がつくかどうか確かめてみるよ」ボッシュは言った。「尿に含まれていた血液についてなにも調べなかった理由を訊いてみたい」

「それに関しては彼らの言い分を認めてあげたいかな」バラードは言った。「当時、血清検査で彼らが手に入れることができる情報はあまり多くなかった。LAにいて腎臓と膀胱の疾病を抱えている人間全員のリストを手に入れたとしても、それを使ってどうするというの？　ものすごい数になるでしょう」

「少なくともそのなかにいる犯罪歴のある者や性犯罪者をさがして、そこから絞ることはできただろう」

「確かに。だけど、思いだしてちょうだい、彼らはノースイースト分署の人間であり、ダウンタウンの本部の殺人事件特捜班の人間ではなかったの。彼らは二番手だった」

「それは関係ない。おれも二番手だったし、だれにだって価値がある。これがどういうことかわかるか？　被害者は黒人で、捜査陣は手がかりを徹底的に調べなかったんだ。ブルー・ヘブンにいるこいつの電話番号をおれに伝えてくれ。おれから連絡する」

「それでなにを言うつもり？　ヴォイス・メールが返ってくるのが関の山よ」

「もし電話を折り返してこなかったら、直接会いにいくつもりだと言う。そして先方はそれを気に入らないだろう」

「わかった、ハリー。ありがと。この聴取が終わったら、電話番号を送る」

バラードは101号線に合流し、サンタモニカ山脈の北側斜面に沿って進むと、スタジオ・シティでフリーウェイを降りた。アダム・ビーチャーの運転免許証から入手した住所に向かう。山麓の丘陵地帯のヴァインランドにある家だった。

バラードはふいにあることに気づいた。

「しまった。ごめんなさい、ハリー」バラードは言った。「別々の車でくるべきだったといま気づいた。あなたの家の近所に来たも同然なのに、あなたは車を取りにアーマンスンまで戻っていかなければならない」

「たいしたことじゃない」ボッシュは言った。「きみは事件の内容をおれに伝える必要があったんだから」

「そしてデュボースの件であなたをむかつかせた。こうしましょう。聴取のあと、あなたを家まで送る。あした、わたしがあなたを迎えにいく」

「うーん……聴取が済んでから決めよう。今夜、車が必要かどうか考えないとならない」

「わかった。お熱いデートでも？」

「いや、そんなんじゃない。だけど、お熱いデートというなら、きみに訊くつもりだったことがある――消防士とはどうなってるんだ？」

「実際には彼は救急救命士。終わった」

「ああ、すまん、知らなかった。きみが決めたのならいいんだが」

「わたしが決めた」

「会えない時間が多すぎた？」

「いえ、その逆。彼は三日出勤、四日休みという勤務体制だった。非番のときに彼がやりたがるのは、ブリスケットをバーベキューで焼いて、『シカゴ・ファイア』の再放送を座って見ることだけだった」

「うーむ」ボッシュは言った。

　バラードはボッシュにもっと話をできるとわかっていたが、それ以上言わなかった。事件とアダム・ビーチャーの聴取に集中していたかった。

　バラードは急な坂になっている区画に建てられた家のまえに車を停めた。右から左へ急角度の坂になっていて、家の片側が二階に、反対側が一階になるほどの坂だった。玄関扉は、石敷きの段差のある道が曲がりくねって上の階にのぼっていく先にあった。

「ハリー、あそこまでのぼっていける？」バラードが訊いた。

「問題ない」ボッシュは言った。「で、この相手はまだ役者をしているのか？」

「いえ、もうやってない。ＩＭＤｂで調べてみたら、十年か十二年まえにネットワーク局のドラマに少し出演したのが最後くらい。最近の肩書きは、ここＬＡで撮影されたさまざまな番組の〝ロケハン担当〟としてしか載っていない」

「その仕事がとてもうまくいっているにちがいないな。このあたりの家は優に七桁いくぞ」

「借家かも。いきましょうか？」

バラードは自分の側のドアをあけた。坂があまりに急なため、車のドアがすぐに自重でバタンと閉まった。もう一度あけると、片足をドアに当て、開いた状態になる位置まで押しこんだ。ボッシュもおなじように苦労してドアをあけると、車のうしろにまわりこんだ。

「彼はわれわれが来るのを知ってるのか？」ボッシュは訊いた。

「いいえ」バラードが答える。「いきなり訪ねる形にしたかった」

ボッシュはうなずいて、承認した。

「在宅だといいけど」バラードは言った。「ロックダウン時期には、自宅で人を捕まえるのがもっと簡単だったな」

バラードは玄関扉にたどりつき、ボッシュが追いついてくるのを待った。ボッシュは階段をゆっくりとのぼり、バラードのところまでたどりついたときには、息を切らしていた。

「大丈夫?」バラードは訊いた。

「いままでにないくらい最高だよ」ボッシュは答えた。

バラードはリング状の呼び鈴を押した。それがカメラにつながっているのをわかっていた。ほどなくすると、ブルージーンズとデニムのシャツ姿の男が応対に出た。

「ビーチャーさん?」バラードが訊いた。

「そのとおり」男は言った。「なんの用かな?」

バラードは男にバッジを示して、名乗り、ボッシュをパートナーとして紹介した。

「なかに入って、いくつか質問をしたいんです」バラードは言った。

「なにについて?」ビーチャーは訊いた。「いま仕事中で、あと、そうだな、二十分で用意しなきゃならないZｏｏｍ会議があるんだ」

「そんなにかかりません。よろしいですか?」

「あー、やむをえん」

ビーチャーはうしろに下がり、ドアをあけて、ふたりを通した。ふたりは整然として、高価な家具が揃っているリビングに入った。その先にダイニング・エリアとキッチンがあり、家の奥につづく廊下があった。壁には木の額に入った大きなキャンバスがいくつか掛かっており、いずれも男性像のスケッチだった。

「これは強盗事件のことかい？」ビーチャーは訊いた。

「なんの強盗事件です？」バラードが訊く。

「隣のティルブルック家の事件さ。あの家は数日まえの夜に強盗に入られたんだ。二年ぶりに映画に出かけたところ、外出中に泥棒が入った。なんて街なんだ、そう思わないかね？」

「それは不法侵入事件になりますね。われわれが捜査しているのは殺人事件です」

「殺人事件？　クソ。だれが殺されたんだ？」

「座りませんか？」

「そうだな」

ビーチャーは厚さ五センチのセコイア製とおぼしきコーヒーテーブルを囲むように配されたカウチと椅子を指し示した。そのコーヒーテーブルの上には小さな彫刻が載っていた。安らぎの姿勢で座っている天使で、翼の片方が折れて、足下に置かれている。バラードはカウチのまんなか、クッションに浅く腰掛けると、ヴァン・ヒューゼンのスポーツ・ジャケットの上着から小さなメモ帳を取りだした。ボッシュはコーヒーテーブルの角から黒い革張りの椅子を引きだした。それによって、ビーチャーには揃いの椅子の片割れが残った。

バラードは質問をはじめた。

「ビーチャーさん、われわれは二〇〇五年に発生したローラ・ウィルスン殺害事件の捜査を再開しました。あなたは彼女と知り合いでしたね？」

「ああ、ローラ、ええ、われわれは劇団でいっしょでした。ああ、なんてこった、ずっと彼女のことを考えているんですよ。だれも捕まっていないのが、気になって仕方なかった。彼女のご家族がどんな思いをしてきたのか、想像もつかない」

「あなたは当時、デュボース刑事に聴取されました。それを覚えていますか？」

「はい、覚えています」

「あなたは、殺人事件のあった夜、ハーモン・ハリスといっしょだった、とデュボース刑事に話された」

バラードはビーチャーの顔が暗くなり、目がキョロキョロと動くのを見た。ローラ・ウィルスンのことを思うようにハーモン・ハリスのことを愛情を持って考えているようには見えなかった。

「はい、話しました」ビーチャーは言った。

「われわれがここにいるのは、もしあなたが望まれるなら、その供述を撤回する機会をあなたに与えたいからです」

「どういう意味です、わたしが嘘《うそ》をついたとでも？」

「わたしが言わんとしているのは、もしあなたが彼といっしょにいたというのが真実でないのなら、いまがその記録を訂正するときだということです、ビーチャーさん。これは未解決の殺人事件です。われわれは真実を知らねばなりません」

「訂正するような発言はありません」

「あなたはまだ劇団に所属しているんでしょうか、ビーチャーさん？　役者として？」

「もうめったに芝居はしていない。ほかの仕事で忙しすぎるんだ」

「それはどんな仕事ですか？」

「わたしはＬＡに拠点を置く制作会社のためのロケハンを担当しているんだ。正直言って、とても処理できないくらいの仕事を抱えている」

バラードはビーチャーが役者として成功しなかったことを認められないでいるのを心に留めた。別のなにかのせいで役者の仕事から遠ざかっていると主張した。

「ハーモン・ハリスが死んだことをご存知ですよね？」バラードは訊いた。

「ええ」ビーチャーは言った。「悲しい出来事でした」

「ハリスは劇団の教え子や従業員を虐待したことを公にされた一ヵ月後にフリーウェイでコンクリートの柱に突っこんだ。ロサンジェルス・タイムズの記事で取り上げられています。あなたはそのこともご存知ですね？」

ビーチャーは激しくうなずいた。両手を膝の上で強く握り締めている。

「ええ、知ってます」ビーチャーは答えた。

「その記事では、三人の異なる男性が、自分と関係を持たないとおまえたちがゲイであることを業界に広めるとハリスに脅された、と匿名で回答しています。あなたはその記事も読みましたね？」

「ええ」

「あなたもゲイです――そうですね？　あなたは、ローラ・ウィルスンが殺害された夜、ハリスといっしょにいたと証言して、彼のアリバイを証明しています」

「ええ、全部本当のことです。でも、それがそのあらたな捜査となんの関係があるんです？」

「ハリスにアリバイを与えるため、あなたはなんらかの形でハリスに強要されましたか？」

「いや、されていない！」

「あなたはタイムズの記事の匿名の情報源ですか？」

「わたしじゃない！　もう帰ってもらわないと。Ｚｏｏｍがあるんだ」

ビーチャーは立ち上がったが、バラードとボッシュは立ち上がらなかった。

「座って下さい、ビーチャーさん」バラードは言った。「まだ質問があります」

「Ｚｏｏｍ会議が、ほら、あと五分ではじまるんだ」ビーチャーは不満をあらわにした。

「あなたが腰を下ろすのが早ければ早いほど、Ｚｏｏｍに早くたどりつけますよ」

ビーチャーは椅子のうしろにまわり、まるで体を支えようとしているかのように、椅子に両手を置いた。いったん下を向き、ついで腹立たしげに顔を持ち上げた。

「出ていってもらいたい」ビーチャーは言った。

「座れ」ボッシュが言った。「さあ」

家のなかに入ってはじめてボッシュが発した言葉にビーチャーはショックを受け、怯《おび》えているかのようにボッシュを見た。

「どうぞ」バラードが促した。

「ああ、もうどうでもいい」ビーチャーは言った。

彼は椅子のまえに来ると、腰を下ろした。

「ローラの父親はおととしCovidで亡くなってます」バラードは言った。「彼は娘に正義が果たされるのを見ることなく亡くなりました。母親はまだ存命で、正義が果たされるのを待っています。われわれにはあなたの協力が必要なんです、ビーチャーさん。真実が必要なんです」

ビーチャーは濃い黒髪に両手を走らせ、入念に整えた前髪のウェーブをくしゃくしゃにした。

「あんたたちはまちがった木に向かって吠《ほ》えてるんだ」ビーチャーは言った。

バラードは少し身を乗りだした。それはビーチャーが嘘をついたことを否定しているわけでもなければ、認めているわけでもなかった。だが、話されるべきあらたな話があることを示している、とバラードは受け取った。

「どうしてそうなんです？」バラードは訊いた。

「ハーモンはローラを殺していない」ビーチャーは言った。「そんなことはありえなかったんだ」

「あなたが彼のアリバイを証明した理由がそれですか？」

「あいつにはアリバイがあったんだが、それを使えなかったんだ」

「というのは？」

「あいつはおれじゃなくて、ほかの人間といっしょにいたんだ。だけど、その人物は警察にいけなかった。有名人であり、自分がストレートでないことをカミングアウトするリスクを冒せなかった。そんなことをすれば彼のキャリアは終わってしまっただろう」

「あなたはその人物と知り合いだった？」

「当時は、噂で知っていた。おおぜいの人がそうだった。だから、ハーモンはあの夜、おれがいっしょにいたと言うようおれに強要したんだ。以上だ」

「あの夜、実際にハーモンといっしょにいたのはだれなんです？」

「名前を出すつもりはない。当時とおなじようにいまでもリスクがある。彼はまだスターなんだ。彼のキャリアを台無しにするつもりはない」

「われわれは秘密を守ります。その情報を書類に残すことすらしません」

「だめだ。なにも永遠に秘密にできやしない。だけど、おれがあんたたちに話したら、それは裏切りになる。彼を裏切るだけじゃなく、おれたち全員を裏切ることになるんだ」

バラードはゆっくりうなずいた。本能的に、バラードは、ビーチャーから得られるものをすべて手に入れたと思った。彼は自分が嘘をついたことを認めたが、ハーモン・ハリスにアリバイがあったことを証言したのだ。

「オーケイ。では、こういう質問をさせて下さい」バラードは言った。「もしあなたがハリスといっしょにいなかったのなら、あなたはどうして彼が実際にそのもうひとりの人物といっしょにいたとわかるんですか？　その映画スターのミスター・Xと」

「なぜなら、おれが本人に訊いたからだ」

「あなたがミスター・Xに訊いた？」

「ああ、ハーモンの言葉をそのまま真に受けて、警官に嘘をつくつもりはなかった。おれは本人のところにいき、訊いた。彼は認めたよ。話は終わりだ。もう出ていってくれ」

「あのですね、われわれは当時あなたがわれわれに虚偽の証言をしたことであなたを起訴できるんです」

「十七年経ってか？　それは怪しいな」

バラードは自分の脅しが裏目に出たのが、口にしたとたんにわかった。ビーチャーに必要な名前を吐かせるほかの方法が思いつかなかった。

「あなたはいまもミスター・Xと連絡を取っているのですか？」バラードは訊いた。

「いや、取ってない」ビーチャーは言った。「彼はあまりにもビッグになってしまい、『やあ、おれのこと覚えている？』と言えるほど近づくこともできない」

「あなたから連絡を取り、われわれに匿名で連絡させることはできますか？　わたしはたんにこれを確認し、捜査を先に進めたいだけです」

「いや。彼が匿名で発言するのは不可能だ。彼と話をしたら十秒もしないうちにだれかわかってしまうだろう」

バラードはうなずき、ボッシュをチラッと見た。彼が抱えているかもしれない質問があるかどうか訊ねる合図だった。だが、ボッシュは頭をわずかに振った。これまでに訊かれなかったことであらたに訊くことはないという印だった。

「オーケイ、ビーチャーさん、ご協力に感謝します」バラードは言った。「名刺を置いていきます。わたしとわかちあうような追加の情報を思いついたら、ご連絡下さい」

「わかった」ビーチャーは言った。「だけど、こちらから連絡することはないだろう」

三人全員が立ち上がり、ドアに向かった。ビーチャーがドアをあけ、うしろに下がり、バラードとボッシュを出ていかせた。ボッシュが通りすぎる際、ビーチャーが声をかけた。

「あまりしゃべらないんだな」ビーチャーは言った。

「ふだんはその必要がないんでな」ボッシュは答えた。

18

　ボッシュは、一九七一年に殺害されるほんの数ヵ月まえにフィルモア・ウェストで録音されたキング・カーティスのライブ・アルバムに耳を傾けていた。「青い影」のため、音量を二段階上げ、ニューヨークにある自宅アパートメントのまえでの喧嘩《けんか》による早世で、このサックス奏者によって録音されなかった数々の音楽のことを考えた。パーカー、コルトレーン、ブラウン、ベイカー――曲の途中でステージを去った者たちのリストは長い。ボッシュは、ギャラガー一家と、彼らとともに失われたあらゆるものについて考えさせられた。子どもたちはひとつの歌をあとに残す機会すら与えられなかったのだ。

　家の外で短くクラクションが鳴り、ボッシュはレコードから針を上げると、ステレオのスイッチを切った。鍵束を摑んで、玄関を出た。バラードは縁石に公用車を停め、助手席のドアをすでにあけていた。その様子でけさバラードが急ぎの用件を抱えているのだとボッシュに思わせた。ボッシュはすぐに乗りこみ、シートベルトをした。

「おはよう」ボッシュは言った。

「おはよう」バラードは言った。「あなたがかけていたのは、プロコル・ハルム？」

（「青い影」は、イングランドのロック・バンド、プロコル・ハルムのデビュー曲）

声に驚きを滲《にじ》ませてバラードはそう言うと、縁石から車を発進させ、坂を下って、カーウェンガへ向かった。

「惜しい」ボッシュは言った。「キング・カーティスのカバーだ」

「父があの曲を好きだった」バラードは言った。「サーフィンのあとでビーチに座り、おもちゃのフルートであの曲を吹いていた」

「おれがあの曲をはじめて聴いたのは、ハーモニカで演奏されたものだった。ヴェトナムにいたやつが吹いていたんだ。おれには葬送曲に聞こえた。そして、そいつも、故郷には帰らなかった」

それで会話は終わってしまい、ボッシュはばつが悪くなった。バラードは一枚の紙を手渡して、気まずい思いからボッシュを救った。その紙はバラードの手帳を切り取ったものだとボッシュにはわかった。

「これはなんだ？」

「わたしの捜査行動予定リスト。これを眺めて、担当するものを選んで。ひとつ以上選んでね」

ボッシュはリストを吟味した。複数の項目があったが、いくつかは完了したものとして線で消されていた。

「〝NHへ写真〟ってなんだ？」ボッシュは訊いた。

「ネルスン・ヘイスティングスにローラ・ウィルスンの写真を送ることになっていたの」バラードは言った。「だけど、それにわたしが取りかかるまえに彼はローラのことを事務所で訊いてくれていた」

「それでもおれなら写真を送るな。名前よりも人の顔が記憶されている場合が往々にしてある」

「ええ、でも、現在の市会議員の事務所で、最初の選挙のとき在籍していた人間はひとりもいないの。当時の選挙対策本部長の名前を送ってもらうことになっていたのをヘイスティングスに念押ししないと。そのとき、写真がほしいかどうか確かめてみる」

「〝ファニータ〟――これは被害者の母親かい？」

「ええ、シカゴにいる。ローラの所持品がどうなっているのか突き止めなきゃならない。あの現場写真に写っていた選挙応援バッジがどこにあるのか確かめないと」

「そうだな、おれが母親と話をするというのはどうだ？　それにデール・デュボースと連絡をつけるつもりでもいる」

「すばらしい」

「ほかになにか？」

「アーマンスン・センターに到着したら、ダーシー・トロイに連絡したい。こちらに来る途中でメールがきたの。容疑者の健康状態について、予備情報があるからそれを話したいという話だった。運転中に話を聞きたくなかったし、あなたにも聞かせたかったので」

「だから、きみはそんなに急いでいるのか？」

「そんなこと言わなかったわよ。でも、ええ、ダーシーがなにを手に入れたのか突き止めたくて、早く着きたいの。取調室に入って彼女に電話できる。そのあとで、あなたはファニータに対処して。いい《クール》？」

「ああ《クール》」

車は101号線にたどりつき、南へ向かった。前方の霧のなかにダウンタウンの高層ビル群が見える。ウェストチェスターとアーマンスン・センターに到着するまで、フリーウェイを三本乗り継ぐことになる。

「で」ボッシュは言った。「一晩検討する時間があっただろ。ビーチャーについてどう思う？」

「そうね、彼の話を裏付けられないというのがまったく気に入らない」バラードは言った。「だけど、あの男はミスター・Xの正体を明かす気がなく、こちらにはそうさせるだけのテコになるものがない」

「きみの勘はどう言ってる？」

「わたしの勘は、本当の話だと言ってる。それにここで打ち明けるけど、きのうの夜、インターネットに深く潜って、ハーモン・ハリスとビーチャーが話題にしていたレベルの業界人との関連や交流を調べてみた」

「ブラッド・ピットがゲイだとおれに話す気か？」

「いえ、本来なら睡眠に使えたはずの二時間を無駄にしたと言う気だった。なにも手に入らず、この人かもしれないと推測できるような人はだれも浮かんでこなかった。あなたの勘はなんて言ってる？」

「ビーチャーの言葉を引用すると、おれたちは間違った木に向かって吠えていると思う。おれたちはやらなきゃならなかったんだ、相当の注意《デュー・デイリジェンス》やらなにやらを。だけど、ハーモン・ハリスの仕業だとは思えないし、ビーチャーの発言は信用に値すると思う」

「じゃあ、それに関しては、解決済みね。先へ進みましょう」

ふたりは午前八時までにアーマンスン・センターに到着し、未解決事件班のなかで、ポッドに到着した最初のメンバーになった。休憩室に立ち寄り、おのおの取調室にコーヒーを持っていくと、ダーシー・トロイと内密に話をできるよう、ドアを閉めた。

「コリーンはきょう来ると思うか？」ボッシュが訊いた。

「どうでもいい。押収品箱に手を触れないでいてくれるかぎり」

バラードは自分の携帯電話からかけ、スピーカー・モードにした。トロイがすぐに出た。

「やあ、レネイ」トロイは言った。

「ダーシー」バラードは言った。「この件ではありがとう。いまハリー・ボッシュといっしょにいるの。彼はわたしといっしょに働いてくれている未解決事件捜査員のひとり」

「ハイ、ハリー」トロイが言った。

「こんにちは」ボッシュは言った。「はじめまして」

「あら、はじめてじゃないわ」トロイが言った。「ずいぶん前のことだけど、わたしがはじめてDNAラボに来たときにお会いしているんだ」

「ああ、そうなのか」ボッシュは少し決まり悪くなって、言った。「じゃあ、再会できてうれしいよ」

「で、わたしたちに聞かせてくれる最新情報があるのね？」バラードが訊いた。

「ある」トロイが言った。「予備情報と呼びたいのは、こちらでできることがもっとあるからなんだけど、あなたが急いで動いているのはわかっているので、現時点で手に入れているものを伝えさせて。知ってのとおり、この事件が、そうね、十七年まえにはじめてやってきたとき、こっちではあまり手を打っていなかったの。だけど、いまさらなる分析に使用できるサンプルがここに十分保管されている」

「運がよかったんだ」バラードが言った。

「まさに」トロイは言った。「それで、いまあるものに対して基本的な尿細胞診をおこなったところ、ハイレベルのアルブミンと腎臓上皮細胞が検出された。これらは腎臓あるいは膀胱あるいは尿路のどこかに損傷がある明確なサインなの。たいていの場合、淡明細胞型腎細胞癌《がん》と呼ばれるものの兆候。この男は、片方場合によっては両方の腎臓に腫瘍があった可能性がある。だけど、もちろん、本人を直接調べていないので確かなことは言えない」

「自分が癌にかかっていることを知っていたのかしら？」バラードは訊いた。

「いずれは知ったでしょうね」トロイが答える。「だけど、いまこちらにあるものから当時彼がなにを知っていたか判断することはできない」

「それは致命的なものだったかしら？」バラードが訊いた。

「治療をしていなければ、そうでしょうね」トロイは言った。「だけど、早期に見つかっていれば、治療可能なもの。もし片方の腎臓にだけ腫瘍があるなら、そちらの腎臓を取り除くことができる。結局、腎臓はふたつあるのだし」

「腎移植はどうだろう？」ボッシュが訊いた。

「それも可能性がある」トロイは言った。「だけど、癌の場合は、超早期発見されないかぎり、臓器移植はあまり考慮されないの。移植は通常は、癌以外の病気で腎臓が損傷した場合に考慮される。断っておくけど、この件でわたしは専門家ではないからね。わたしがいま話していることの大半は、昨夜調べてみたことなの」

「それにとても感謝している、ダーシー」バラードは言った。

「わたしたち女の子は団結しないとね、レネイ」トロイは言った。「気を悪くしないで、ハリー」

「するものか」ボッシュは言った。「その癌の原因はなんだと思う？」

「ああ、そうね、その質問はいろんな問題を引き起こす」トロイは言った。「繰り返すけど、氏名不詳の犯人がいて、そいつの人生や経験をわたしたちはまるで知らない。遺伝性の病気かもしれないし、なんらかの毒物に曝露《ばくろ》した可能性もある。あなたたちがこいつの身元を突き止めようとしているのはわかってる。発癌性物質に長期間曝露するような産業で働いていた人間である可能性はある、と言うことはできるかも。こんなこと言ってもなんの役にも立たないのはわかっているけど、いまわかっていること――それはあまり多くないということ――を考慮すると、せいぜいそれくらいしか言えない」

「それでもこの電話のまえに知っていたよりははるかに多くの情報を手に入れたわ」バラードは言った。「この件で調べられることがまだあると言ってたね？」

「たんにより深く調べてみるだけ――手持ちのサンプルをもっと分析してみる」トロイは言った。「この相手の病気がなんなのか正確に絞りこめるかもしれない。だけど、それはすぐにはわからないの。腫瘍学の専門研究機関をさがして、そこに送る必要があるでしょう。このあと何本か電話をかけないといけないけど、それが郡／USC共立メディカル・センターになる可能性はある」

「ほんとに感謝してる、ダーシー」バラードは再度礼を述べた。

「いいってこと」トロイは言った。

三人全員がさよならと言って、通話を終えた。バラードはコーヒーに口をつけてから、ボッシュにいまの新しい情報をどう思う、と訊ねた。

「いい材料だったが、ある種、事後に必要となる情報だな」ボッシュは言った。「デユボースと彼のパートナーは、殺人事件が起こった当時、腎臓病を抱えている人間のリストをまとめる機会を逸した。現時点でどうやったらそんなことができるのか、おれにはわからない。だから、犯人を逮捕したあと、容疑をかためるのにその情報が役に立つだろう。だが、DNAで逮捕はできるはずだ」

「じゃあ、このことを利用して犯人を突き止める方法はないのかな？」バラードが訊いた。

「それは難しいだろうな。なぜなら、こいつが治療を受けた時期がわからないから。あるいは、そもそも治療を受けたかどうかすらわからない。ひょっとしたらなにも知らずに病気にかかって、死んだかもしれない」

バラードはうなずいた。

「きみはどう思う？」ボッシュが促した。

「わたしはただ、これを捜索ツールとして利用する方法があるはずだと思ってる」バラードは言った。「ほかのスタッフに必要な情報を与えたらなにかアイデアが浮かんでくるかもしれない」

「コリーンならこいつの生死を教えてくれるかもしれんぞ」

「ハリー、止《よ》して。笑いごとじゃないの。彼女をどう扱えばいいのかわからない。この事件の遺伝子系図学調査をリリアに引き継いでもらうことを考えている」

「だけど、ハッテラスがチームでいちばんだと言ってただろ」

「そうなの。でも、わたしの直接の命令に従わないのを許すわけにはいかない。霊能力の戯言には対処できる。だけど、押収品と証拠を扱うなと言っても、それに逆らうのであれば、なんらかの手を打つ必要がある」

「そうだろうな」

バラードは立ち上がり、出ていく準備を整えた。

「さて」ボッシュは言った。「ファニータ・ウィルスンに連絡するぞ。連絡先の情報を持っているよな？」

「電話番号を把握している」バラードが言った。「メッセージで送るわ」

ふたりは取調室を出て、ポッドに戻った。ハッテラスとマッサー、アグザフィ、ラフォント全員がそれぞれの作業スペースにいた。彼らが複数日の出勤をしているのは、この事件が班の存続にとても重要であることを知っているからだろう、とボッシュは推察した。ボッシュは自分の作業スペースに腰を下ろし、バラードからファニータ・ウィルスンの電話番号を受け取るとすぐにシカゴに電話をかけた。相手はすぐに電話に出た。

「ミセス・ウィルスン？」

「はい」

「ハリー・ボッシュと申します。ロサンジェルス市警察未解決事件班の一員です。昨日、同僚のレネイ・バラードとお話しされていますね」

「はい。逮捕したんですか？」

「まだです、ミセス・ウィルスン。ですが、わたしどもは事件に真剣に取り組んでいます。もう二、三、お訊きしたいことがあります」

「はい、どうぞ。まだ捜査がおこなわれていることに心から感謝しています。あなたたちは諦めてしまったと思っていました」

「いえ、奥さん、われわれは諦めません。あの恐ろしいときのことを考えるのは、さぞかし難しいことにちがいない、とわかっていますが、娘さんが亡くなってから、彼女の押収品やロサンジェルスにいたときの所持品がどうなったかご存知ですか？」

長い沈黙ののち、ファニータ・ウィルスンは答えた。

「えーっと、そうですね」彼女は言った。「夫とわたしはあの子を連れ帰るため、ロサンジェルスにいきました。そしてそこに着くと、警察が全部調べたあとのあの子のアパートに入るのを認められました。あの子の持ち物を全部箱に詰め、こっちへ送り返したんです。一部の家具は、アパートの建物のまえにガレージセールのように置いて、売りました」

ボッシュは期待感を抑えようとした。だが、ファニータの最初の答えはボッシュに希望を与えた。

「シカゴに送り返した箱の数はいくつでした？　覚えていますか？」

「ええ、かなりの数がありました。だから、送ったんです。飛行機で持ち帰るには多すぎたんです」

「シカゴに届いたあと、その箱はどうなりました？」

「おわかりでしょうけど、長いあいだ、わたしは箱をあけて、あの子の持ち物を調べてみることができなかったんです。それで、とても長いあいだ、あの子の寝室のクローゼットのなかに置いていました。そののち、ときどき、見てみるようになったんです、ほら、あの子を感じたくて」

「まだ、箱はお持ちですか？」

「もちろんです、なにも捨てられません。あれは娘の持ち物なんです」

「わかります。ミセス・ウィルスン、事件現場のカメラマンが、娘さんのアパートの、われわれのほうで言う、〝環境写真〟を撮影しました。それらは事件現場の写真ではなく、アパートのなかのほかの箇所の写真です。ローラの冷蔵庫のなかにあったものや、たんすのひきだしの中身や、そんなたぐいを写した写真です。そしてそのなかの一枚の写真に、当時、こちらの市議会に立候補していた人物を応援する選挙応援バッジが写っていました。そのバッジは事件にとって重要なものかもしれないとわれわれは考えています」

「どのように重要なんでしょう？」

「あいにく、現時点ではそれについてお話しすることはできませんが、お持ちの箱を調べてみて、バッジが見つかるかどうか確かめていただきたいのです。たぶん望み薄かもしれませんが、見つけていただければ、こちらの役に立ちます。電子メールのアドレスをお持ちであれば、当時撮影された写真をお送りできます。それをやっていただけますでしょうか？」

「はい、できます」

「どれくらいかかります？」

「この電話を切ったらすぐに。もしそれが捜査のお役に立つようであれば、わたしはすぐに調べます」

ファニータ・ウィルスンはボッシュに自分の電子メール・アドレスを伝え、ボッシュはそれを書き取った。

「十分《じっぷん》下さい。それからあなたの電子メールを確認して下さい」ボッシュは言った。「あなたに写真を送り、われわれがさがしているものを正確に知っていただくため、そのなかのバッジを円で囲っておきます」

ボッシュは写真のなかのバッジを見ながら、その形状を説明した。

「送って下さい」ファニータは言った。「待ってます」

「あとひとつ、ミセス・ウィルスン」ボッシュは言った。「もし運よくそのバッジがまだそこにあったなら、触ってほしくないんです。それを確認してからわたしに電話して下さい。そのバッジの保全の仕方をお話しします。ですが、いまのところは、バッジをさがしていただき、それには触らないでほしいんです、よろしいですか？　そこが大切なんです」

「わかりました。電子メールを送って下さいね」

「ええ、まず写真をスキャンしなければならないので、少しかかるかもしれません」

「わかりました」

「ありがとうございます」

ボッシュは電話を切った。ファニータ・ウィルスンが選挙応援バッジを見つける可能性は低いと思ったものの、ボッシュは彼女の協力姿勢に気持ちが高揚するのを感じた。積極的なエネルギーは報われることがよくある、とボッシュは信じていた。

19

バラードはコリーン・ハッテラスを取調室に連れていき、彼女の遺伝子系図学調査の仕事と自称共感能力とのあいだの曖昧な境界線について、個人的に話をすることにした。これは管理職としてのバラードの最初の仕事だったが、彼女は上司と従業員間の模範的な例を本能的に理解していた――人まえで褒め、内密に叱責する。ボッシュのまえで腹立ちまぎれにハッテラスを帰らせたのは、その不文律を破ってしまったとわかっていたが、いま、バラードは冷静であり、正しく行動していた。

「ここで扱う事件はとても重要なものなの」バラードは言った。「わたしたちは被害者とその遺族を相手にしている。申し訳ないけど、そうした事件をリスクにさらすことはできません。もしあなたがチームに留まるつもりなら、あの霊能力／共感力うんぬんを忘れてもらう必要があります」

「理解できません」ハッテラスが抗議した。「なんのリスクがあるんです？」

「コリーン、お願い。わたしがなんの話をしているのかわかってるでしょ。もし遺伝子系図学調査を通じて立件する際、それを担当した捜査員は——あなたである可能性が高いけど——どうやって関連を見つけ、容疑者の特定に至ったのか、陪審員に証言しなければならないの。あなたは民間人です。法執行機関にいたことはない。頭のいい刑事弁護士ならだれでも、あなたの信頼性を潰そうとするでしょう。もし彼らがあなたを潰せば、事件を潰せるんです。〝メッセンジャー殺し〟と言われている手よ」

「わたしがああいう感覚を持っているから、わたしに信頼性がないと言っているんですか？」

「わたしは刑事弁護士ならあなたの信頼性に異議を唱えるだろうと言っているの。そしてたとえあなたの感覚が事件となんの関係もなくても、そんなことはどうでもいいの。弁護士は質問であなたを殺しにかかる。たとえば、こんなふうに——『これに答えてみて下さい。ミズ・ハッテラス、あなたは今回の事件で被害者と意思疎通をしましたか？』」

ハッテラスは少し時間をかけて、答えをつむいだ。

「いいえ、してません」ようやくハッテラスは言った。

「『ですが、あなたはご自分のことを霊能力者と呼んでいますよね？』」バラードが迫る。

「いえ、そんなふうに呼んだことは一度もありません」

「『ほんとですか？　ですが、あなたは死者からメッセージを受け取ってるんじゃないですか？』」

「メッセージは受け取っていません」

「『印象はどうです？』」

「あの……」

「『本件の被害者が殺害された夜、被害者が着用していた寝間着を手にしたとき、あなたは霊的な印象を受けましたか？　そのことを陪審員に話していただけますか？』」

ハッテラスは唇をかたく結び、込み上げる涙で目を潤ませた。バラードは穏やかに、同情するように話しかけた。

「コリーン、あなたをそんな目に遭わせたくないの。遺族が正義を長いあいだ待っている事件にそんなことが起こってほしくないの。わたしは遺族とおなじようにあなたを守るつもりでいます。あなたはあなたのなかのその部分を、ここでの仕事から遠ざけておいてほしいの。あなたの遺伝子系図学調査の能力は凄《すご》いし、それがわたしがあなたに求めているもの。わかってもらえた？」

「そう思います」

「イエスかノーで答えて、コリーン」

「イエス。イエス」

「けっこう。では、仕事に戻ってちょうだい。わたしはここに残って、電話をかけなきゃならない」

「わかりました」

ハッテラスは立ち上がり、部屋を出て、うしろ手にドアを閉めた。バラードはテーブルに置いていた行動予定リストを見た。ハッテラスに話をするという項目に線を引いて消すと、残された項目に目を通した。いちばん上の項目は、だれであれ二〇〇五年のジェイク・パールマンの選挙対策本部長と話をするというものだ。携帯電話を手に取り、ネルスン・ヘイスティングスに電話をかけたが、つながるまえにドアにノックの音がした。バラードは電話を切った。

「あいてます」

ボッシュが入ってきて、ドアをうしろ手に閉めた。

「彼女になにをしたんだ？」ボッシュは訊いた。

「彼女って？」バラードが訊き返す。

「コリーンだ。この部屋からヨロヨロと出てきたぞ。いまにも泣きだしそうな顔つきだった」

「霊能力の戯言をしまっておかないとチームを去ることになると言ったの」

ボッシュはそれがやらねばならないことだと認めるかのようにうなずいた。

「ボスでいるのは、さぞや楽しかろう」ボッシュは言った。

「楽しいわ」バラードは答えた。「なんの用、ハリー？」

「シカゴにいくことになった。ファニータがバッジを見つけた」

「すばらしい、どこにあったの？」

「彼女と旦那は、殺人事件が起こったあとでこちらに来て、ローラのアパートを片づけた。娘の私物を全部箱づめし、シカゴに送った。バッジはそれ以来ずっとひとつの箱のなかにあったんだ」

「ファニータはバッジを触ったの？」

「いや、きょうは触っていない。触らないでくれと頼んでおいたんだ。それに過去にバッジを触ったという記憶はなかった。だから、そのままにされており、おれはそれを受け取りにいきたいんだ」

「なぜ？　シカゴ市警のだれかに取りにいかせればいい」

「なぜなら、そうすると永遠の時間がかかってしまうからだ。まず、連中にそれをやらせ、次にここに送らせるのに。使える指紋やDNAがバッジに付着している可能性が低いのはわかっているが、もし付着しているとすれば、裁判で物証保管の継続性の問題が出てくる。バッジ引き取りと送付に関わったシカゴの警官全員が証言のため呼ばれるにちがいない。もしおれがいくなら、おれを呼べばいいだけだ。そのほうが事件管理にはいい。だけど、実際の話、そういうことが問題ではない。ファニータは、バッジ回収にシカゴ警察の人間を自宅に入れるつもりはない、とおれに言ったからだ。彼女は第十四区に住んでいる。そこでなにがあったか覚えているかい？」

「いえ、なにがあったの？」

「そこで数年まえにラカン・マクドナルドが警官に射殺されたんだ。覚えているだろ？　背中を十六回撃たれた。ビデオが表に出るまで、市警は隠蔽したんだ。発砲した警官は刑務所に入った」

「腐った林檎《りんご》がわたしたち全員を腐っているように見せるあらたな例ね」

ボッシュはうなずいた。

「航空会社を調べた。今夜向こうに着いて、あすの朝ファニータに会い、午後にはこっちへ戻ってこられる」

「きょうじゅうに出張許可や旅行券をもらうのはむりよ、ハリー。申請を出したとしても、週末までに返事があればラッキーね」

「わかってる。自前でいく。もう予約した」

「ハリー、ちょっと待って。自腹を切らせてまでそんなことをさせたく――」

「おれは出かけて、バッジを手に入れ、きみは費用精算の申請を出す。もし承認されたら、丸くおさまる。もしされなかったら、それはおれが冒したリスクだ。その結果を甘んじて受け入れるよ」

バラードはなにも言わなかった。考えたあげく、ボッシュの計画が最善だという結論に達した。

「もしいくなら、一時間以内に空港にいかなければならない」ボッシュは言った。

「家に帰って、着替えを詰めて、空港にいくには時間が足りない」バラードは言った。

「車に非常時持ち出し袋《ゴーバッグ》をのせている」

「ハリー、あなたは何者、七十でしょ？　それなのにゴーバッグをのせて運転しているの？」

「今週、のせたんだ。この仕事のために。どこにいくことになるのかわからないから。だから、いいよな？　手袋とテープと証拠保管袋が少し必要だ。たぶん指紋採取キットも」

「落ち着いて。これが合法なのか確認したい」

バラードは立ち上がると、ドアに向かった。ポール・マッサーに呼びかけ、取調室に来るよう頼んだ。

マッサーがなかに入り、バラードは残っている椅子に座るよう促した。そののち、ボッシュのシカゴ行きのシナリオを説明し、元地区検事補として、その計画に手続き上のあるいは検察側にとっての支障があるかどうか訊ねた。

「ちょっと考えさせてくれ」マッサーは言った。「表面上は……問題ないようだ。ハリーはこの班のボランティア・メンバーだ。事件捜査そして証拠の発見と回収に膨大な経験を有している。もし弁護側がこの件に異議を唱えようとすれば、ハリーの経験に頼って、不正や無資格の指摘をはねのけることができるだろう。ひとりでいくのかい？」

ボッシュとバラードは顔を見合わせ、やがてバラードがうなずいた。

「ええ」バラードは言った。「ひとりで。この件でふたりの人間を失いたくない。正直な話、これは一か八かの賭けなの」

「そうだな、では、証拠回収の記録を取るように頼む」マッサーは言った。「ビデオを撮影し、日時などを記録してほしい」

「問題ない」ボッシュは言った。

「オーケイ、それなら、大丈夫だと思う」マッサーは言った。

「すばらしい」バラードは言った。「ありがとう、ポール」

マッサーは立ち上がり、部屋から出ていった。

「車に手袋やほかのものを置いてある」バラードが言った。「いっしょに外へいくわ」

バラードの携帯電話が鳴り、画面を見ると、ネルスン・ヘイスティングスだった。

「まず、これに出させて」バラードは言った。

「おれは自分の机にいる」ボッシュは言った。「忘れないでくれ、早く出かけないといけない」

ボッシュがドアから出ていくと、バラードは電話に出た。

「ネルスン、いま電話しようとしていたところ、わたしは――」

「うちの先生がそっちへ向かっている。突然の訪問だ」

ヘイスティングスは電話を切った。

「クソ」バラードは言った。

ジェイク・パールマンが当選し、二期目も仕事を続けられている理由のひとつは、自分の選挙区の住民や場所を突然訪問するというルーティンをおこなうためだった。これらは、もちろん、つねに招かれているマスコミ向けのシャッターチャンスだった。そしてバラードは、ヘイスティングスのこの事前の連絡が、実際には突然ではない突然の訪問のために用意をする時間をこちらに与えるものだとわかっていた。

バラードはやってくるものに備えるようチームに警告するため、取調室をあとにした。

20

ロサンジェルス国際空港のターミナル・ループにメトロの電車を乗り入れさせるための大規模建設工事のせいで、六ヵ所ある駐車場のうちふたつが閉鎖されており、ボッシュは環状道路《ループ》を出て、センチュリー大通りにある駐車場に車を停め、シャトルバスでアメリカン航空のターミナルに戻らねばならなかった。そののち、長い保安検査の列に並び、搭乗ゲートにたどりついたときには、搭乗案内がとっくにはじまっており、ボッシュは最後にゲートを通るのを認められた乗客になった。

ターミナルにいるうちに、何本か電話をかけ、その日の夜のホテルを予約し、シカゴのジャズ・クラブの出演者の顔ぶれ確認をするための時間があることを期待していたのだが果たせなかった。

座席はエコノミー席のなかほどで、頭の上の荷物棚には、機内持ち込みバッグを入れるためのスペースはなかった。窓際の自分の席のまえの席の下にバッグを押しこむと、自分の足を置く場所はほとんどなくなった。窮屈に身を縮めて、座席のなかで体を斜めに傾け、ポケットから携帯電話をほじくりだした。最後に飛行機に乗ってからほぼ三年が経っており、自分がそれをまったく残念に思っていないことに気づいた。

ボッシュの娘は深夜勤の時間帯で働いており、いま起きてはいるがまだ働いてはいないだろうとボッシュは思った。出張について娘に伝えるため電話しようとしたところ、見知らぬ番号から電話がかかってきた。

「ボッシュです」

「息子を放《ほ》っといて」

女性の声だった。ボッシュはすぐにだれの声なのかわかった。窓のほうを向き、他人に聞こえないように声をひそめて言った。

「ミセス・ウォルシュ？　彼は――」

「この件ではあの子を放っておいてちょうだい、わかる？　殴ったんですって！　息子を殴ったのね！」

「なぜなら、殴られるようなことをしたからです。いいですか、彼はあなたの家に侵入した犯人でした。それを本人から聞かされたのか、あるいは警察に通報してしまったあとになってあなたは気づいた。だから、マクシェーンの指紋が浮かび上がったとき、警察があなたの息子をさがさないよう、あなたは嬉々《きき》として不法侵入の罪をマクシェーンに着せたんです」

「自分がなにを話しているのかわかってないのね」

「わかっていると思いますよ、シーラ。ところで、いま用事の最中なので、時間は取れませんが、すぐに話をすることになるでしょう。マクシェーンの指紋がどのようにしてあなたの家に残っていたのか、その真実を知りたいんです」

「わたしに近づかないで。息子に近づかないで。弁護士を雇いました。あなたを訴えて尻の毛まで毟《むし》り取《と》ってやる」

「いいですか、シーラ――」

相手は電話を切った。

ボッシュは彼女にかけ直すことを考えたが、放っておくことにした。息子に近づいたことで彼女はあきらかに動揺しており、それはボッシュの望みどおりの結果だった。しばらくその状態をつづけさせ、弁護士がいようといまいと、いずれ彼女の家のドアをノックしにいくつもりだった。

ボッシュはあたりを見まわした。飛行機はまだ動いておらず、通路にいるキャビン・アテンダントでボッシュに携帯電話の使用を止めようとする者はいなかった。ボッシュは急いで娘に電話をかけた。

「ハイ、パパ」

「調子はどうだい、マッズ？」

ちょうどそのときアナウンスメントが頭上のスピーカーから大きな音で流れ、副操縦士が乗客に呼びかけ、フライトプランと到着予定の詳細を伝えた。

「すまん、ちょっと待ってくれ」ボッシュは言った。

副操縦士は、四時間のフライトで、中部標準時の午後八時にシカゴのオヘア空港に到着する、と告げた。

「オーケイ」ボッシュは言った。「いまのはすまん」

「飛行機に乗ってるの？」娘が訊いた。

「ああ、シカゴにいくんだ。もうすぐ離陸する」

「シカゴでなにがあるの？」

「おれはある事件を調べている。未解決事件班の再始動のため、レネイ・バラードに雇われたようなものなんだ」

「冗談でしょ。どうして言ってくれなかったの？」

「まあ、今週はじめたばかりなんだ。まずどういう具合になるのか確かめてみて、それからおまえに話すつもりだった」

「パパ、そんなことをすべきだと本気で思ってるの？　それに同意するまえにあたしに話してくれればよかったのに」

「ああ、本気だ。これこそおれのやることなんだ、マッズ。わかってるだろ」

「そして彼女はもうパパを事件捜査でシカゴに派遣するのね」

「ただのお遣いみたいなもんだ。証拠を受け取りにいくんだ。一泊の予定なんだが、そのまえにおまえに連絡して、調子はどうか確かめたかったんだよ」

「レネイは同行しているの？」

「いや、ひとりで向かう。受け取って戻ってくるだけの仕事だ。なにも危なくない。銃さえ持っていない」

「それでもそんなことをひとりでやるべきじゃない。シカゴの警察に送らせればいいじゃない」

「話せば長くなるんだが、ほんとにたいしたことじゃないんだ、マディ。いってもどってくる。もし早めの予定を立てられたら泊まりさえしなかっただろう。だから、心配しないでくれ。そちらの仕事はどうなんだ？　SPU《スペシャル・プロブレムズ・ユニット》はどうだ？」

マディは、最近、ハリウッド分署の特別問題対策課に配属になった。その課は、特定の犯罪傾向をターゲットにして、問題のある地域にパトロール強化とほかの対策を集中させ、犯罪ホットスポットを攻撃する法執行戦略をおこなう部門だった。若い職員のあいだで人気のある配属先だった。かならずしも制服着用が義務ではないからだ。また、私服での監視やおとり捜査もあった。ポリス・アカデミーを卒業して一年もしないうちにその課に配属されたことを娘がとても誇りに思っていることをボッシュは知っていた。

「とても順調だよ」マディは言った。「メルローズ・アヴェニューで一週間ずっとおとり捜査にあたっていた。車を使ったハンドバッグの引ったくりが頻発していたんだ。だけど、いまのところなにも起きていない」

娘が人気の高いショッピング・エリアの歩道の車道側を肩にハンドバッグをゆるくかけて歩いているところをボッシュは想像した。引ったくりが車で近寄り、バッグを摑んで逃げていくのを待ち構えている。

「クールだ。おまえだけなのか、ほかにもおとり警官はいるのか？」

「あたしだけ。追跡チームがふたつ」

ボッシュは娘が単独のおとりであると聞いてホッとした。追跡チームにはほかの人間に集中してもらいたくなかった。

飛行機がゲートから後退をはじめ、ガクンと揺れた。

「もう切らないと。ローリングがはじまった」

「オーケイ、パパ。安全にね。帰ってきたら連絡して」

「おまえもな。悪党を捕まえたらメッセージを送ってこい、いいな？」

「そうする」

ふたりは電話を切った。

ボッシュは急いでもう一本電話をかけた。バラードから渡されたアイダホ州コーダレーンの引退した刑事デール・デュボースの電話番号を入力する。この電話に先方はたぶん出ないだろうとボッシュにはわかっていた。ゆえに飛行機が離陸をはじめようとしても会話をする羽目になる心配はしていなかった。ロサンジェルス国際空港の出発便の大半は、離陸許可が下りるまえに優に十五分かけてタキシングをする。

予想どおり、電話はヴォイス・メールにつながった。ボッシュは電話を片手で覆い、まわりに聞かれないようにしてメッセージを残した。

「デール・デュボース、ロス市警未解決事件班のハリー・ボッシュだ。ローラ・ウィルスン事件に関して折り返しの電話をかけてくれ。さもなきゃ、そっちの玄関までこちらが出向く。一日時間をやろう。それでも電話がなければ、そっちに向かう。それから、電話で済む話のためにはるばる飛んでいかねばならないなら、おれは相当腹を立てるぞ」

ボッシュは自分の携帯電話番号を二度繰り返すと、電話を切った。メッセージの口調から、この電話を無視するという選択肢はないことがデュボースに伝わればいいとボッシュは願った。

そののち、携帯電話の電源を切ると、ポケットにしまった。

十五分後、飛行機は飛び立ち、バンクして東へ旋回する機内から、ボッシュは窓越しに冷たく暗い太平洋を見おろした。

21

受付から通知を受けて、バラードは殺人事件資料室のエントランスに出向き、ジェイク・パールマン市会議員と側近一行を迎えた。彼らはメイン通路を四人——男性ふたり、女性ふたり——並んで歩いてきた。それに加えてひとりの共同ビデオカメラマンとふたりの記者がいた。バラードは個人的にパールマンと会ったことはまだなかった。これまでのやりとりの大半は、電話かＺｏｏｍか、ネルスン・ヘイスティングス経由のものだった。

「バラード刑事かい？」近づいてくるとパールマンは言った。

彼は手を伸ばしてきて、ふたりは握手をした。パールマンは綺麗にひげを剃り、髪の毛は黒い巻き毛だった。彼の握手は力強かった。バラードが予想していたよりパールマンは背が高く、ほっそりしていた。ＺｏｏｍのビデオからVけた印象では、彼は背が低くずんぐりしているようだった。それはたぶん彼が使用している固定式のビデオ・カメラが下のアングルから彼を写しているからだろう。パールマンはいつもの選挙運動時の格好をしていた――ブルージーンズ、黒のスニーカー、ボタンダウンのワイシャツ。シャツの袖を肘まで無造作にまくり上げていた。

「アーマンスン・センターと殺人事件資料室にようこそ」バラードは言った。「お越しいただきありがとうございます」

「ああ、見なきゃならなかったんだよ」パールマンは言った。「それにあなたと直接お会いしなければならなかった」

市会議員は側近を紹介した。バラードはヘイスティングスをすでに知っていた。彼はパールマンより少し背が低く、茶色い髪を短く刈っていた。典型的な軍人の身のこなしをしている。ふたりの女性は、市議の政治顧問であるリタ・フォードと、政策顧問のスーザン・アギラーだった。ふたりとも三十代なかばの魅力的な女性で、コンサバティブなスーツに身を包んでいた。バラードは政治と政策はおなじもので、少なくとも助言という点で重なっているかもしれないと思ったが、訊いてはみなかった。

「お越しになりたいのであれば、われわれの仕事ぶりをいつでもお見せします」バラードは言った。

「そうしよう」パールマンは言った。「それから、サラの事件の最新情報をお聞きしたい。捜査の進捗状況を知るだけでもわたしにとってたいへん意味があることなんだ」

「ここの案内が終わったら、喜んで説明させていただきます」

「では、案内を頼む」

一行は資料室に入り、バラードは棚に収められた殺人事件調書の列のまえをゆっくり案内し、陰鬱な統計と事実を告げた。彼らが市警に圧力をかけたことが未解決事件班復活に結びついたことから、彼らはその統計と事実をすでに知っていたのだが。

やがて、一行はポッドにたどりつき、バラードがチームの捜査員をひとりずつ紹介し、彼あるいは彼女の専門分野を説明した。また、ボッシュの空いている席を指し示し、もっとも経験豊富な捜査員が現在現場に出ている、と告げたが、その現場がシカゴまで延びていることには触れなかった。

バラードが紹介をしていると、ヘイスティングスがテッド・ロウルズの座っている椅子のうしろにまわり、彼の肩に両手を一瞬置くのが見えた。その行動と、都合のいいことにロウルズがパールマンの到着するほんの数分まえにポッドに到着した事実が、バラードのすでに知っていることを裏付けた——ロウルズはヘイスティングスと近しく、さらに言えば、パールマンと近しいのだ。ヘイスティングスは、バラードが受け取ったのとおなじ事前通告をロウルズに与えていた可能性が高い。そして、たぶん先に電話をもらったのはロウルズのほうだろう。

議員は捜査員たちにいくつか質問した。主にビデオ・カメラ用にだ。その後、ヘイスティングスが、そろそろ話を進めよう、と言った。

「議員のスケジュールはとてもタイトなんだ」ヘイスティングスは言った。「そして、最新の情報を受け取るため、バラード刑事と少し時間を取りたがっていたのがわかっている」

バラードはボッシュの机の椅子を自分の作業スペースまで転がしてきて、パールマンに座るよう促した。ヘイスティングスはふたりの背後の数歩うしろに立ち、いつものように見守った。一方、フォードとアギラーは、チームの遺伝子系図学の専門家としてのハッテラスの役割について彼女と話し合っていた。

ハッテラスが共感能力の話をはじめるんじゃないかとバラードは気が気でなかったが、パールマンとのブリーフィングに集中するためその雑念を締めだした。

「捜査の現状をご説明するまえに、ふたつの質問からはじめさせて下さい」バラードは言った。「議員は二〇〇五年の選挙運動になんらかの関わりを持っていたローラ・ウィルスンという若い女性を覚えておられない、そうですね?」

「そうだ。そのようにネルスンには話した」パールマンは言った。「その名前に記憶はないし、当時のボランティア・スタッフのなかにアフリカ系アメリカ人がいた覚えもない。いまはブラック・コミュニティの大きな支持をもらっているが、その最初の選挙は、そうだな、考え抜かれて実行されたものではなかった」

バラードはローラ・ウィルスンの殺人事件調書をめくり、裏に経歴が印刷されている女優のエイト・バイ・テン・サイズの顔写真の一枚を入れていたページをひらいた。バラードはその写真をパールマンに手渡した。

「それがローラ・ウィルスンです」バラードは言った。

パールマンは写真を受け取った。バラードは写真を見ている市会議員の反応をじっとうかがった。目になんの認識も浮かばなかった。パールマンはゆっくりと首を横に振った。

「じつに残念だ」パールマンは言った。「彼女は美しい。だけど、だめだ、見覚えがない」

「当時、あなたの選挙運動を仕切っていたのはだれですか？」バラードは訊いた。

ヘイスティングスがポッドに近寄り、身を乗りだして、小声で言った。

「これはきみからの最新情報提供になるはずだったんだ」ヘイスティングスは言っ

た。「質疑応答ではなく。議員は一時間後に市庁舎に戻らなければならないんだ」

「すみません」バラードは言った。「いまのが最後の質問です。そのあとでスピードアップしますよ」

「最新情報提供を進めてくれ」ヘイスティングスは食い下がった。

「かまわないさ、ネルスン」パールマンが言った。「いまならあれを選挙運動と呼ぶ気にはなれないが、当時それを仕切っていたのは、われわれの友人のサンディ・クレイマーだった」

「クレイマーはもうあなたといっしょに働いていないんですか？」バラードは訊いた。

「ああ、だいぶまえに政治の世界から足を洗った」パールマンは言った。「最後に聞いたところでは、センチュリー・シティでタキシードを売っているそうだ」

「彼に連絡が付く電話番号をまだお持ちですか？」バラードは訊いた。

「ほじくれば出てくると思うよ」パールマンは言った。「ネルスンに古いローロデックスを調べさせる。さて、この事件を解決し、妹とうちの家族になにほどかの正義をもたらすのにどれくらい近づいているんだろうか？」

バラードは自分たちの進捗状況のすべては話さなかったが、事件がもっとも必要なもの――勢い――を持っていることを知らせる程度には詳しい情報を話した。

「同時にいくつかのことを手がけており、まもなく容疑者を特定できるだろう、というのがわたしの期待です」バラードは締めくくった。

自分でそう口にしてすぐに、いま自分が政治的な約束をしてしまい、もしそれを守らなければしっぺ返しがかならずやってくる、とわかった。

「それを聞けてよかった」パールマンは言った。「その電話が来るのが楽しみだ。それを長年待ちつづけてきたんだ」

ヘイスティングスがポッドに近づいて、パールマンの肩に手を置いた。もう時間だという無言の合図だ。議員はそれを無視し、あらたな質問をした。

「で、選挙応援バッジだ」パールマンは言った。「あれはたんなる偶然だろうか？　だって、ちょっと不気味じゃないかね？」

「そうですね、われわれはまだあれを排除できません」バラードは言った。「実際にバッジのある場所を特定しました。それがなにをもたらすのか確かめてみるつもりです。それがいま現場に出ていると言った刑事が赴いているところです」

「すばらしい」パールマンは言った。「それについても連絡してくれ。ところで、ここに必要なものは全部揃っているだろうか？　わたしにできることはあるかね？」

「ありがとうございます、議員」バラードは言った。「ここをはじめてから気がついたことは、安全な保管場所が必要だということです。古い事件の証拠や押収品を運んできますが、それを安全に保管する場所がありません。一部の保管用に二番目の取調室を使ってきましたが、もちろん、ここは警察施設であり、ここにあるものはかなり安全なはずですけど、たいていの部門には鍵をかけて安全を確保できる場所があるんです」

パールマンが返事をするまえにヘイスティングスが身を乗りだし、今回は口頭で促してきた。

「ジェイク、もういかなきゃならん」ヘイスティングスは言った。

パールマンは立ち上がり、バラードもそれにつづいた。

「金庫とかそんなもののことかね？」パールマンが訊いた。

「はい。証拠保管金庫があればいいです」バラードは言った。

パールマンはヘイスティングスのほうを向いた。

「ネリー、それを覚えていてくれ」パールマンは言った。「ここに金庫を手配する必要がある」

「覚えておきます」ヘイスティングスは言った。

パールマンはバラードに向き直り、手を差しだした。ビデオカメラマンがふたりの握手するところに焦点を合わせた。

「きみたちの仕事に感謝する、刑事」パールマンは言った。「わたしにとってたいへん意味がある。さらに重要なのは、この街とこのコミュニティにとってたいへん意味があるということなんだ。われわれはけっして自分たちの被害者を忘れられない」

「イエッサー」バラードは従順に答えた。

バラードは一行に外まで付き従った。自分の作業スペースに引き返すと、ほかの面々がまわりに集まり、お偉方の訪問に関して質問してくるものと思っていた。だが、コリーン・ハッテラスだけが、パーティションの上に頭を覗かせた。

「で、どんな具合だったんです？」ハッテラスは訊いた。

「オーケイだったと思う」バラードは言った。「市会議員の妹の事件をこじあけなければならないだけ。そうなればこっちのもの」

「こじあけますよ」

「遺伝子系図学調査でなにかあった？」

「いまのところGEDマッチでひとつヒットしました。不特定容疑者の遠い親戚です。きょう連絡を取ってみます。ですけど、もっといいものが手に入るのを期待しています。もっと近しい関係のものを」

「けっこう。知らせてちょうだい」

ハッテラスは頭を下げ、視界から消え、バラードは仕事にとりかかった。ヘイスティングスあるいはパールマンのスタッフのだれかがサンディ・クレイマーの電話番号をすぐに連絡してくれると思っていなかったので、バラードは自分でさがしはじめた。サンディというのはニックネームか、アレキサンダーのような生まれたときにつけられた名前の短縮形だと推測した。予想どおり、車両登録局の記録は役に立たなかった。アレキサンダー・クレイマーが多すぎて、自信を持ってアタリを引けなかった。サンディあるいはほかに考えられる名前であるサンドールやサンディープでも数多くの記録があった。

次の行動は、センチュリー・シティでタキシード販売店をグーグル検索し、電話をかけることだった。インターネットで出てきた店舗を調べ尽くし、クレイマーという名の販売員にひとりも出くわさなかったのち、バラードはセンチュリー・シティに隣接しているビヴァリー・ヒルズに移った。

三度目の電話でアタリを引いた。そこは〈タックス・バイ・ラックス〉という名のサウス・ビヴァリー・ドライブにある店だった。アレキサンダー・クレイマーという名の販売員は休みを取っているが、あしたの午前十時には出勤する、と告げられた。

バラードはビヴァリー・ヒルズでタキシードを売るには、サンディよりずっとフォーマルな名前が必要なんだろうと推測した。

バラードは電話を切った。クレイマーが出勤するときに合わせて、あしたの朝、ビヴァリー・ヒルズにいく計画を立てた。

22

　ボッシュは鋭い朝の光と軽い二日酔いのせいで目を細めて、サウス・キーラーとウエスト四十三番ストリートの角にある小さなブロンド色のレンガ造りの家の番地をさがしていた。前夜一泊した湖のそばにあるダブルツリー・ホテルから遠く離れたところに来ていた。ロサンジェルスからはさらに遠く離れていた。ウーバーで呼んだ車の後部座席に座り、小さな家と平屋建ての倉庫や製造工場が混在する地区にいた。

「ここのはずですよ」運転手が言った。

「番地表示がない」ボッシュは言った。

「ああ、だけど、ここのはずです。あたしのGPSがそう言ってる。これがお客さんにしてあげられる精一杯の対応ですよ」

「わかった、ここで降りよう。待っててもらえないか？　三十分もかからないだろう。そのあとオヘア空港のアメリカン航空のターミナルに向かう。待機料金は払う。

飛行機に乗り遅れたくないんだ」

「いいや、ここいらじゃ待たない」

「本気か？　五十ドル払う。三十分待つだけで。それに空港までの料金を上乗せする」

　ボッシュはバックミラーに映っている運転手の目を見た。彼はその申し出を検討していた。ウーバー・アプリでは、彼の名前がイルファンと出ていた。このあたりに留まることに気が進まないでいる理由がボッシュにはわからなかった。確かに中間層から低所得層が住む地域だったが、危険性を示唆するようなものはなにもなかった。落書きはなく、街角にたむろするギャングもいない。

「八十ドルにしよう、イルファン」ボッシュは言った。「現金で」

　運転手はミラーでボッシュの顔を見た。

「百ドルにしてくれ」イルファンは言った。「それに五つ星評価を」

　ボッシュはうなずいた。

「交渉成立だ」ボッシュは言った。「映画でやってるように百ドル札を半分に裂いて渡そうか？　きみに半分を渡し、おれが残り半分を持つ？」

「いや、いい。だけど、車に戻ったらすぐに払ってほしい」イルファンは言った。

「現金で。さもなきゃ、あたしはお客さんをここに置いていく。別の車に乗れるかどうかは運次第だ。だれもここに来ないだろうし、飛行機に乗り遅れるだろう」

「わかった。いずれにせよ二十ドル札しか持っていないんだ」

イルファンはその言葉をおもしろいとは思わなかったようだ。ボッシュはドアを少しあけて、バックパックを持って降りようとしたが、ためらった。

「イルファン、ここに運転手が来ないというのは、このあたりのなにが悪いんだ？」

ボッシュは訊いた。

「銃が多すぎるのさ」イルファンは答えた。

それは大半の大都市の大半の住宅地の問題かもしれないとボッシュは思ったものの、それ以上考えずに外に出た。

その家の外観や前方の芝生や植栽はきちんと清潔に保たれていた。ブロンド色のレンガが、毅然《きぜん》としたたくましさを感じさせた。まるでその場所が暑さ寒さに立ち向かう要塞であるかのようだ。

ファニータ・ウィルスンは、ボッシュが来るのを待っており、ボッシュがドアにたどりつくまえにあけてくれた。彼女は年老いた婦人で、弱々しくボッシュにほほ笑んだ。

「ミセス・ウィルスン?」ボッシュは訊いた。「ハリー・ボッシュです。電話でお話ししましたね」

「わたしです——ファニータと呼んで下さい」彼女は言った。「なかへどうぞ」

ボッシュは家に入り、軽く彼女と握手した。ファニータ・ウィルスンは、細くて、か弱く見え、それを隠すためゆったりとしたルームウェアを着ていた。赤と黒と緑のストライプの布でできたターバンふう頭巾で髪の毛を隠している。そんな様子であるものの、バラードが持っていたローラ・ウィルスンの写真の面影がそこにあった。目がおなじだった。

ボッシュは彼女の協力と、こんな急な連絡で押しかけるのを認めてくれたことに礼を伝えた。自分がロサンジェルスに引き返すのが早ければ早いほど、選挙応援バッジの指紋とDNAを調べることが早くでき、捜査を進められる、と説明する。きょうの午後のなかばまでに戻れるフライトを予約しておいたのは、その理由からだった。

「言い換えるなら、わたしは少し急いでいます」ボッシュは言った。「バッジを持ち帰り、できるだけ早くうちの技官に調べさせたいんです」

「わかります」ファニータは言った。

ファニータは小さな家のなかを通り抜け、奥にある娘の寝室であった部屋にボッシュを案内した。狭い部屋だったが、カーテンをあけた窓から太陽が燦々《さんさん》と降り注いでいた。

この部屋の半分は、ローラが出ていったときのまま保存されており、半分はホームオフィスとして再利用されてきたようにボッシュには思えた。デスクチェアの付いている折りたたみ式テーブルには、輪ゴムでまとめられた手紙の束が、そのほかの書類といっしょに置かれていた。

「ローラがLAにいってしまったあとで主人がここをホームオフィスに設えたんです」ファニータは言った。「ですが、娘の里帰りや、夢を諦めて、戻ってきたくなった場合に備えて、残りの部分をそのままにしておきました。そして、その後……このままです」

ボッシュはわかったというようにうなずいた。ベッドの上に段ボール箱があり、ボッシュはそれを指さした。

「それがバッジを見つけた箱ですね？」ボッシュは訊いた。

「ええ、その箱のなかにあります」ファニータは言った。「上には服が数着と当時取り組んでいたらしい台本が載っていました。でも、それらを持ち上げると、靴箱のなかにバッジが入っているのが見えました」

ボッシュは携帯電話を取りだし、ビデオ撮影モードにした。

「ウィルスンさん、バッジに触らずに、わたしに見せてもらえますか？」ボッシュは頼んだ。

ファニータが箱に近づき、段ボールの蓋をひろげ、なかを指さすのをボッシュはカメラで追った。ボッシュも近づいていくと、大きめの箱のなかに靴箱があるのが見えた。その蓋は外れており、箱のなかには、ローラ・ウィルスンのガラクタ用のひきだしを撮影した事件現場写真で見た覚えがある小物が詰まっていた。携帯電話を下げていき、〝ジェイク！〟と記された選挙応援バッジにズームインした。

「この携帯電話をお渡ししますので、わたしがバッジを回収するところをビデオに撮っていただけますか、ウィルスンさん？」ボッシュは頼んだ。

「お望みなら」ファニータは言った。「わたしはあまり上手にカメラを扱えないんですけど」

「大丈夫ですよ。物証保管の継続性を記録できればありがたいと思っているだけです」

「物証保管の継続性？」

「その物品をだれがいつ持っていたかということです。いったん回収されると、それは警察の管理下に置かれます」

「わかりました」

ボッシュはファニータに携帯電話を渡し、彼女はボッシュがバックパックから取りだしたゴム手袋をはめて、証拠保管用のビニール袋をひらくのを記録した。そののち、ボッシュは箱に手を伸ばし、靴箱から選挙応援バッジを取り出した。ボッシュはバッジを保管袋に入れ、封をし、スポーツ・ジャケットの内ポケットに入れた。

ボッシュは携帯電話を受け取り、きょうの日時を言ってから録画を止めた。ファニータが必要とするものを撮ってくれたことを確認するため、ビデオの冒頭を再生してチェックした。

「うまく撮れてます」ボッシュは言った。「ありがとうございます」

「なにかほかにわたしにできることはありますか？」ファニータは訊いた。

ボッシュは逡巡《しゅんじゅん》した。指紋採取キットとDNA採取キットの両方をバックパックに入れていた。アーマンスン・センターを出る際に外まで付き添ってきたバラードから渡されていたのだ。証拠採取のプロトコルでは、ボッシュはファニータの指紋とDNAを採取すべきだとわかっていた。選挙応援バッジでなにが見つかろうとも、ファニータを捜査対象から除外できるように。だが、この弱々しい黒人女性を、そんな目に遭わせ、自分自身の娘の殺人事件捜査によって被害者意識を感じさせるというのにためらうものがあった。ボッシュはプロトコルをパスすることにした。

「バッジに触っていない、とおっしゃいましたね？」ボッシュは訊いた。

「ええ、そこにあるのを見ましたが、あなたに言われたように近づかなかったんです」ファニータは言った。「なにか問題はありますか？」

「いえ、まったくありません。万事良好です。では、用事が済みましたので、これで失礼します《アイ・キャン・ゲット・アウト・オブ・ユア・ヘア》」

「これからどうなります？」

「そうですね、わたしはロサンジェルスに戻ります。先ほど言いましたように、これをきょうじゅうに鑑識にまわします。運がよければ、あなたの娘さんのものではない指紋を採取し、それを調べ、バッジを扱った人間を調べ、ひょっとしたら、バッジを娘さんに渡した人間を見つけられるかもしれません。われわれの捜査の進展について、バラード刑事あるいはわたしから、情報をご提供しつづけます」

「そうですか。こんなこと言ってなんですが、わたしはこれ以上どれくらい待てるのか、わからないんです」

「困難だとわかっています。あなたは長いこと、ほんとうに長いこと待っておられた。信じていただきたいのですが、わたしはそれがどんなものかわかっています」

「いえ、誤解されてます。わたしには時間が限られているんです、ボッシュ刑事。癌を患っています。末期癌で、わたしは知りたいんです……終わりが来るまえに」

ボッシュは最初思ったほどファニータが年輩ではないことに気づいた。彼女は病気なのだ。頭巾はなくなった髪の毛を隠すためなのだろう。容赦のない抗癌《こうがん》治療の結果なのだ。先ほどの失言にたちまち気まずくなった（I can get out of your hair. を直訳すると、「あなたの髪の毛を引っこ抜けます」になる）。

「残念です」ボッシュは小声で言った。

「わたしは諦めて、死ぬ覚悟をしていました」ファニータは言った。「ですが、あの女性刑事が電話をかけてきて、わたしに希望を与えてくれたんです。粘りますよ、ボッシュ刑事。あなたたちが答えを教えてくれるまで」

「わかりました。急いで行動します。わたしに約束できるのは、それだけです」

「わたしに必要なのはそれだけです。ありがとうございます」

ボッシュはうなずいた。ファニータが玄関ドアまでボッシュを案内し、そこでふたりは握手をして、別れを告げた。玄関まえの階段でボッシュは通りに自分を待っている車が見当たらないのに気づいた。

「クソ」ボッシュは毒づいた。「おまえには星をやらんぞ、イルファン」

ボッシュは階段を下り、携帯電話を取りだすと、ウーバー・アプリを起《た》ち上《あ》げて、別の車を呼ぼうとした。視野の片隅に動きがあって顔を上げると、イルファンの車がスルスルと近づいてきて路肩に止まるのが見えた。車窓を下げていた。

「給油にいってたんだ」イルファンは言った。

ボッシュは後部座席に乗りこんだ。座席越しに五枚の二十ドル札を運転手に渡す。

「ちょっと待っててくれ」ボッシュは言った。

イルファンは指示どおりにした。ボッシュはイヤフォンを耳に挿し、昨夜携帯電話にダウンロードしておいた音楽をかけた。ネイヴィー・ピア近くの〈ウィンターズ・ジャズ・クラブ〉にファレズ・ウィテッド・クインテットを観にいったのだった。セットリストはマイルス・デイヴィスへのトリビュートだった。ボッシュはおおいに楽しみ、長居をしすぎた。だが、ウィテッド自身の曲を聴きたくなり、ホテルの部屋に戻ると三枚のアルバムをダウンロードした。「ザ・トゥリー・オブ・ライフ」という名の歌が耳のなかで流れているいま、ボッシュはローラ・ウィルスンがあとにしてきた家を振り返った。

つましい家というのは控えめな言い方だった。ボッシュは、ローラのブロンド色のレンガ造りの家でのつつましいはじまりと、彼女をＬＡへと誘った夢について考えた。彼女が持っていたものすべてと願っていたすべてを奪い去るに至った夢。それがボッシュを怒らせた。古いなじみの炎が心のなかで燃えはじめるのを感じた。

「オーケイ、イルファン」ようやくボッシュは言った。「空港へ連れてってくれ」

23

〈タックス・バイ・ラックス〉は、ウィルシャー大通りの南にあるサウス・ビヴァリー・ドライブにあった。ビヴァリー・ヒルズのなかでは比較的廉価な商品を扱う地区に位置していた。アカデミー賞やヴァニティ・フェアのアフターパーティーに向かうような顧客の要求に応えるロデオ・ドライブの事前予約専門のサロンとは対照的に、数多くの商品を扱う店のようだった。

バラードは公用車に乗り、〈ゴー・ゲット・エム・タイガー〉で買ったコーヒーを啜《すす》りながら、〈タックス・バイ・ラックス〉のガラス扉が解錠されるのを待っていた。時刻は九時五十分だった。

電話が鳴り、見てみるとボッシュからだった。バラードはガラス扉から目を離さずに電話に出た。

「ちょうどチェックインしたところだ」ボッシュは言った。「選挙応援バッジを手に入れ、空港で搭乗準備をしている」

「うまくいったようね」バラードは言った。「ファニータはどうだった？」

「とても協力的だったが、彼女は病気なんだ。死にかけている」

「なんですって？」

「末期癌だ。どれくらいの時間が彼女に残っているのかわからないが、多くは残っていないようだ。プレッシャーを感じなくてもいいが、きみが希望を与えてくれたからがんばるつもりだ、と彼女は言ってた。だれかが起訴されるのを見るまで生きていたいんだ」

「ああ、すばらしい、まったくプレッシャーじゃないわ。どんな癌なの？」

「訊かなかった。最後には体が縮んでしまうたぐいのようだ」

「なんてこと。まあ、わたしたちにできるのは、わたしたちにできることを粛々とやるだけ。立件したときにまだ彼女が生きていて、それを知ることができたらいいな」

「車のなかかい？　車の走っている音が聞こえるぞ」

バラードはなにをやっているかボッシュに話した。しゃべっていると、四十代の男性がタキシード店のガラス扉にやってきて、扉下の鍵をあけてなかに入るのが見えた。

「ちょうど店があいたと思う」バラードは言った。「客が来ないうちになかに入っていかないと」

「いかせてあげよう」ボッシュは言った。「だけど、アーマンスン・センターに戻るときに鑑識になにが待ち受けているのか、あらかじめ知らせておいてもらえないか？　指紋採取車をセンターまで出してくれれば、これがまったくの時間の無駄になるかどうかわかる」

「手配する」

「では、幸運を」

ふたりは電話を切り、バラードは車を降りた。鑑識に関するボッシュの要請に「了解した《ラジャー・ザット》」と言わなかった自分に満足していた。

バラードは二枚の写真が入っているファイルを手にして店に入った。右側の壁にタキシードのラックが並んでいた。左側の壁にはワイシャツの入った床から天井まである棚が並んでいる。奥には鏡付きの試着エリアがあり、正面にはレジカウンターがあった。ひとつには蝶《ちょう》ネクタイ、もうひとつにはさまざまなカフスボタンが入っているふたつのガラスケースが、レジ台をはさんで両側に並んでいる。

バラードが鍵をあけて店に入るのを見た男性の姿はどこにもなかった。

「すみません？」バラードは大きな声で呼びかけた。

「はい？」声が返ってきた。「すぐに参ります」

バラードはガラスケースに向かって歩いていき、カフスボタンを見おろした。趣味がよく繊細なものから、不気味で悪趣味なものまでさまざまだった。バラードは、身を乗りだすと、女性が両腕をうしろにまわして、胸を突きだしているポーズの銀のシルエット・カフスを見おろした。十八輪連結トレーラーの泥よけに描かれているので見慣れたイメージだ。

「いらっしゃいませ」

バラードが振り向くと、先ほど店の鍵をあけていた男性がいた。バラードはベルトからバッジを外し、相手に向かって掲げた。

「ロス市警のレネイ・バラードです。サンディ・クレイマーをさがしています」

男は両手を上げた。

「降参だ！」

そう言うと男は両手を下ろし、手錠をかけられるよう手首を合わせてまえに差しだした。バラードは形式的な笑みを浮かべた。バッジを示した相手がこんなふうにふるまうのは、これがはじめてではなかった。彼らはそうするのが賢い行為だと思いこんでいるのだ。

「殺人事件捜査に関していくつかお訊きしたいことがあります」バラードは言った。

「ああ、クソ、ぼくのミスだ」クレイマーは言った。「冗談を言うべきじゃなかったよね？　だれが死んだんだい？」

「ふたりだけで話ができる場所はありますか？　客が来店したときに話の最中というのは避けたいんです」

「あー、裏に休憩室がある。狭いけど」

「それで十分です」

「十一時までアポは入っていないんだ。ドアに貼り紙をして、鍵を締めておくことはできるけど、どれくらい時間がかかりそうかな？」

「そんなに長くは」

「オーケイ、じゃあ、そうしよう」

クレイマーはカウンターの奥にまわり、寸法直しの指示を書くためのパッドを取りだし、そこに「十時四十五分までに戻ります」と書いた。道具入れから取りだした裾上げテープを使って、書いたものを入り口のガラスに貼りつける。それから下に手を伸ばして、ドアに鍵をかけた。

「ついてきて」クレイマーは言った。

ふたりは試着エリアのカーテンをまわりこみ、半分倉庫、半分休憩室になっているスペースに入った。テーブルと椅子が二脚あり、クレイマーは一脚をバラードに勧めた。バラードはその椅子を引きだして腰を下ろした。クレイマーもおなじことをした。

「さて、どんな殺人事件なのかな?」クレイマーは訊いた。

「いまからその説明をします」バラードは言った。「まず、教えてほしいのですが、最後にジェイク・パールマンと話をしたのはいつでしょう?」

「ああ、なんてこった、ジェイクが死んだのかい?」

彼の驚きは本物のようにバラードには思えた。バラードはクレイマーがパールマンあるいは彼のチームのだれかから捜査の情報をひそかに知らされていたかどうか確めたかったのだ。

「いえ、彼は死んでいません」バラードは言った。「最後に彼と話をしたときのことを思いだせますか?」

「あー、そうだな、ずいぶんまえの話だ」クレイマーは言った。「彼が選挙に勝ったとき電話したんだ。だから、四年まえになるかな?」

「彼は六年まえに選ばれています」

「へー、時の経つのは早いもんだ。まあ、それがいつだったにせよ、ぼくは電話をして、おめでとうを伝えたんだ。これからはタキシードを着ていくイベントがたくさんあるだろうから、うちでお安くするよと言ったのを覚えている。だけど、それだけだった。彼は一度もうちを利用してくれなかった」

「ネルスン・ヘイスティングスはどうです？　最近、彼と話をしましたか？」

「ヘイスティングス？　よせやい。あいつと話す理由がない。最後にいつ話したのかも覚えていない」

「でも、彼のことをご存知ですよね？」

「知ってるどころじゃない。ぼくらはいっしょにおなじ学校に通ったんだ。ハリウッド・ハイ――ハリウッド・ハイといってもゲームのことじゃなく、高校のことだよ」

クレイマーは自分の内輪向けジョークに笑い声を上げた。だが、それは神経質そうな笑い声だった。バラードは、クレイマーがヘイスティングスのことを話すときの口調から、敵意に近いものを読み取った。

「ヘイスティングスと確執を抱えていたんですか？」バラードは訊いた。

「あいつのほうが一方的にぼくに敵意を抱いていたんだ。あいつはジェイクを独り占めしたくて、最終的にぼくを追いだした。ぼくはあんなに敵愾心《てきがいしん》が強くないんだ。で、あいつはいまジェイクショーを仕切っており、ぼくはこの店にいる」

バラードはうなずいた。

「では、二〇〇五年に戻りましょう」バラードは言った。「あなたは当時ジェイクの選挙運動を仕切っていた、そうですね？」

「ああ、そうだった」クレイマーは言った。「だけど、あれを選挙運動と呼んでいいのか自信がない。選挙運動というと、とても大きな活動で、よく練られたものに聞こえる――ぼくらがやっていたのは全然そんなものじゃなかった」

「小規模な活動だった？」

「ジェイクがハリウッド高校の上級生会長に立候補したときのほうがたぶんぼくらはましな組織だった。つまり、〇五年の選挙運動は、唾とスコッチテープでくっつけられていたんだ。ぼくらは自分たちがなにをしているのかわかっていなかった。失敗すべくして失敗した。ジェイクは政治活動をつづけ、態勢を立て直し、選挙に戻ってきて、議席を獲得した。ぼくはそのころには離れて久しかった。だから、だれが死んだのか、それがぼくとなんの関係があるのか、話してくれ。だんだん心配になってきたよ」

「ローラ・ウィルスンが亡くなりました。殺されたのです。その名前に聞き覚えはありますか？」

「ローラ・ウィルスン――覚えはないな。一分ほど考えさせてくれ」

「どうぞ」

クレイマーはその名前をじっと考えているようだったが、要求した一分はかからなかった。

「その女性はそのときの選挙運動となにか関係していたというんだろうか？」クレイマーは訊いた。

「それを突き止めようとしているところです」バラードは言った。「そのときのボランティアはみんな覚えていますか？」

「ああ、当時の連中は覚えてる。ぼくが採用したんだ。だけど、そんなに多くいなかったし、ローラ・ウィルスンという名の人間は覚えていない」

「見ていただきたいものがあります」

バラードはテーブルの上でファイルをひらき、ローラ・ウィルスンのエイト・バイ・テン・サイズの顔写真を差しだした。クレイマーは身を乗りだし、写真に触らずに見つめた。

「いや、見覚えがないな」クレイマーは言った。

「彼女がボランティアだった可能性はあるでしょうか？」バラードは念押しした。

「黒人女性だろ、だったら覚えているはずだ。もしいたら使っていたはずだけど、当時はいなかったんだ」

「確かですか？」

クレイマーは写真を強調するように指さした。

「彼女は選挙運動には加わっていない」クレイマーは言った。「ぼくがボランティア全員を採用した。彼女はそのひとりじゃない」

「オーケイ」バラードは言った。「この写真を見て下さい」

バラードはローラのガラクタ用のひきだし写真のエイト・バイ・テン・サイズ・コピーをクレイマーに向けてテーブルの上を滑らせた。

「そこに選挙応援バッジが見えますね？」バラードは訊いた。

「ああ、まさにここにある」クレイマーは言った。「綺麗なもんだ」

「あなたが作らせたんですか？」

「もちろんだ。これはデラックス版なんだ——自由を象徴するリボンが付いている。そのための余分な経費について議論したのを覚えている。だけど、ジェイクがリボンを気に入ったんだ。バッジを目立たせるというので」

「だれが手に入れたんです？」

「そうだな、選挙事務所にやってきた人に渡した。それから、選挙区の戸別訪問にも出かけた。全員にバッジを渡したわけじゃないけど、ジェイク支持を表明してくれた人にはあげた」

「いくつ作ったか、覚えてます？」

「千個だったと思う。だけど、全部配ってはいなかった。すべてが終わったあとで、二袋分余っていて、それをただ捨てたのを覚えてる。実際には、ぼくがネルスンと最後に話をしたのは、あいつが電話してきて、ジェイクが再度立候補するつもりなので、あのバッジが欲しいと言ったときだと思う。何年もまえに捨てちまったよと言ったら、あいつはすげなく電話を切った。立派なやつさ、あのネリーは」

「二〇〇五年当時、選挙運動でフランクリン・ヴィレッジ・エリアに戸別訪問の人員を派遣したかどうか覚えていますか？　もっと細かく言うと、タマリンド・アヴェニューに――あの付近に？」

「もしそこが選挙区内なら、そうしたはずだ。ぼくらは毎晩出かけた。スタッフ全員と捕まるかぎりのボランティア全員で。サンセット大通りのあのデリカテッセンに集まったんだ……名前が出てこないな。創業から百年は経っているようなところだったけど、今回のパンデミックで永遠に閉まってしまった店だ」

「〈グリーンブラッツ〉」

「そのとおり、〈グリーンブラッツ〉だ——なんたる損失だ。あの場所が好きだった。二階に部屋があり、週に六日はあそこで集まっていた。サンドイッチとビールを頼み、それを選挙経費で落とした。それから戸別訪問する住宅地域を重複しないように分割したんだ。ぼくらはバッジと選挙公約書を分配し、それから散開して、戸別訪問に向かった。草の根運動というわけさ。だけど、正直な話をすると、ぼくは選挙運動のことをなにひとつ知らなかった。だけど、楽しかったな」

「タマリンド・アヴェニューにいったのはだれです？」

「ああ、まいったな、それは思いだせない。言えることは、少なくとも二度、すべての住宅地を訪問しようとしたってことだ。だけど、記録はないし、あまりに昔のことなので、だれがどこにいって、どのストリートを担当したかを思いだすのは無理だ。選挙運動に加わっていただれかがこの女性を殺したと言おうとしているのかい？」

「いえ、そうは言ってません。実際には未決事項を潰していってるんです。この写真は、彼女のアパートの部屋で撮影されたものです。彼女は選挙日のまえの土曜日にそこで殺害され、その選挙応援バッジがガラクタ用のひきだしに入っていました。つまり、選挙運動に携わっていただれかが、選挙まえのどこかの時点でおそらく彼女の部屋を訪ねていたことを示しています。それはまったくなにも意味していないかもしれませんが、われわれは質問をおこない、手がかりの行方を追わねばならないのです」

「なるほど。もっとお役に立てればよかったんだけど」

バラードは写真をファイルに戻して、閉じた。

「ジェイクとヘイスティングスとはもう話をしたと受け取っているんだが」クレイマーが言った。

「はい、話しました」バラードは言った。「きのうふたりに会いました。あなたはほんとにヘイスティングスが嫌いなんですね？」

「そんなにあからさまかな？」

「はい。ですが、一時期、あなたたちはみな親友だったのでは？」

「ああ、そうだった。握り拳のように固く結ばれている、と言っていたものだ。だけど、ネルスンがぼくとジェイクのあいだに割りこんできて、ぼくらをバラバラにしたんだ。あの選挙運動期間中に起こった。それから、選挙に負けて、ぼくが責任を追及された。ジェイクじゃなく、ネルスンにだ。それにはずっと腹が立っている。だって、あいつはただの運転手だったんだ。あいつは政策提案を書いていないし、マスコミ戦略を練っていない。運転する以外なにもしていなかったのに、全部ぼくの責任にしたんだ。負けたのはぼくのせいだと言って」

バラードは凍りついた。目の奥で起こっていることを表に出さないように努めたが、二〇〇五年の選挙運動とローラ・ウィルスンのひきだしで見つかったバッジについてヘイスティングスに話をしたとき、彼はその選挙はパールマンのスタッフに自分がなるまえのことだと言ったのだ。

「ちょっと待って」バラードは言った。「二〇〇五年の選挙戦のとき、ネルスン・ヘイスティングスはパールマンの運転手だったんですか？　彼は当時もいたんですか？」

「ああ、あいつはいたよ」クレイマーは言った。「あいつはアフガニスタンから戻ってきて、軍を除隊したばかりだった。そんなとき、ジェイクが運転手を必要だと言ったんだ。ぼくらはあいつに金銭を支払わなかった。あいつはボランティアだった」

「彼も戸別訪問をしたメンバーだったんですか？」

「ぼくらは全員それをした。ジェイクですら。必要だったんだ」

アドレナリンがバラードの血中に分泌されはじめていた。バラードは自分が投じた網に矛盾を捕らえた。あからさまな嘘とすら言ってもよかった。捜査が突然、確実にあらたな方向に向かったのを感じた。

「出ていくまえに、ひとつお訊ねしたいことがあります」バラードは言った。「ハイスクール在籍当時、あなたはジェイクの妹を知ってましたか？」

「もちろん」クレイマーは言った。「ぼくらはみんな知っていたよ。サラだ。あれは恐ろしい出来事だった。ただただ恐ろしかった」

「あなたは彼女が殺されたときご遺族のそばにいましたか？」

「ああ、弔問にいったよ。ジェイクはぼくの友人だった。だけど、なにが言えただろうか？　ただただ悪夢だった」

「ジェイクの友人のなかでほかにだれか彼を支えた人はいましたか？」

「そうだな、まずぼくがいて、次にネリー。ロウルズという名のもうひとりのやつ。そいつは警官になった。そいつがぼくらのグループの一員だった」

「ロウルズは、あなたが先ほど言った握った拳のひとりでしたか？」

「そうだ。それから、ああ、ぼくらはできるかぎりのことをやろうとしたけど、どうやれば助けられるかわからなかった。ぼくらはまだ子どもだったんだ」

「わかります。当時、警察はあなたたち全員と話をしましたか？」

「そう思う。ぼくの話を聞いたのは確実だ。ぼくはサラと一度デートに出かけたことがあった。だけど、それは事件よりだいぶまえの話だった。それでも警察に厳しく問い詰められたよ。そのふたつの事件はなにか関係があるのかい？　サラとバッジを持っていた女性が？」

「わかりません。おそらくたんなる気の滅入る偶然でしょう。わたしはそれが気になったんです。いまでもジェイクにとって大きなことなんです」

「そしてこれからもずっとそうだろう、そのはずだ。サラはすてきな子だった。頭がよくて綺麗で、いいところがたくさんあった。そのすべてを奪い去ってしまいたいと思う人間がいたことがまったく理解できなかった」

バラードはうなずいた。

「さて、もう約束の時間が来ますね」バラードは言った。「その用意をしていただいてかまわないと思います。お時間をありがとうございました、クレイマーさん。ひとつ、お願いしていいですか？」

「どうぞ」クレイマーは言った。「なにが必要かな？」

「この会話を内密にしていただかねばなりません。それは大丈夫ですか？」

「まったく問題ないよ、刑事さん」

バラードはクレイマーに自分の携帯電話番号を伝え、なにかほかに自分が知るべきことを思いついたら連絡してほしい、と告げた。車に戻るころには、過呼吸になりかけていた。エンジンをスタートさせ、エアコンの効きを強くした。気を落ち着かせ、助手席に置いてある捜査行動予定リストに手を伸ばした。少しの間、それをじっと眺め、呼吸を整えようとした。紙に書かれたひとつの項目に注目する。

ヘイスティングス――LWの写真を送ること

自分がその行動をまだとっていないことに気づく。そしてそれによって大きな疑問が生まれた。

ダッシュボードの時計を確認し、計算をしたところ、ハリー・ボッシュは空を飛んでおり、彼と話をできるようになるまでまだ数時間あるのがわかった。それまでにやらねばならないことがたくさんあると思った。

バラードは車を発進させ、路肩を離れた。

24

ボッシュはホーソーン・モールの北駐車場に車を進めると、バラードの公用車をすぐに見つけた。廃墟となったモールを囲む広大なアスファルトの海に唯一存在している車両だった。ボッシュはまっすぐ彼女の車に近づき、たがいの運転手側の窓が向かい合い、それぞれの車から降りずに話をできるようにした。ロス市警内の隠語で、車の位置関係から〝シックスナイン・ミーティング〟と呼ばれているやり方だ。

ボッシュはすでに車窓を下げていた。古いチェロキーのエアコンは車内の気候変動にほぼなんの影響も与えていなかったからだ。バラードの窓が、ボッシュの到着に合わせて滑るように下がった。

「ハリー、フライトはどうだった?」

「よかったよ。いい音楽を聴けた。で、このコード69はなんだ?」

「アーマンスン・センターで話をしたくなかったの。ロウルズがきょう出勤しており、彼はヘイスティングスとパールマンとのパイプ役なんだ。実際には、ロウルズは今週頻繁に出てきており、それはヘイスティングスがわれわれの動きを知りたがっているからだと思う」

「ほんとか？　ヘイスティングスは好きなときにいつでもきみに電話できるんじゃないのか？」

「ええ、できた。だけど、どれほど注意を払っているのか隠したいのよ。なぜなら、ヘイスティングスがわたしたちの求めている相手だから」

「どういう意味だ？　殺人犯ということか？」

「バッジを賭けてもいい、ハリー。彼のＤＮＡを手に入れたら、それが合致するはず」

「どうしてそういう結論に至ったのか説明してくれ」

バラードはけさサンディ・クレイマーにおこなった聴取と、タキシード販売員への最後の質問で、ローラ・ウィルスン殺害が、ジェイク・パールマンのために働きだすよりまえに起こったとヘイスティングスが言ったのは嘘だったことがどのように判明したかについて要約した。

「ヘイスティングスは最初からずっとパールマンといっしょにいたの」バラードは言

った。「そしてそれは小さな嘘じゃない。わたしの考えを誤らせるための嘘。つまり、大きな嘘になる」

「オーケイ、わかった」ボッシュは言った。「それは疑わしい行動だ。だが、手錠をかけるまでには至らない。ほかになにか手に入れているのか？」

「ええ。クレイマーと話したあと、この事件に関するヘイスティングスとわたしのやり取りを振り返ってみた。彼はつねに窓口だった。電話をかけてきて、パールマンのためという名目で事件捜査の進捗状況を求めていた。だけど、いま思うに、こちらがどれほど自分に迫っているのか確認しようとしていたのよ」

「まだ手錠には遠いな」

「これを見て」

バラードは手帳の紙をボッシュに手渡した。ボッシュはその紙を見て、それがバラードの捜査行動予定リストだと気づいた。

「きみのリストだ」ボッシュは言った。「まえに見た」

「わかってる」バラードは言った。「だけど、わたしはヘイスティングスにローラ・ウィルスンの写真を送っていないし、リストからその予定を消していなかった」

「で、それがなにを意味するんだい？」

「まず、今週、わたしはウィルスン事件について、ヘイスティングスと二度、電話で話をした。頭のなかで最初の会話を繰り返してみた。わたしは彼にローラ・ウィルスンという名前を知っているかどうか訊ね、彼女がボランティアとして働いていたか、あるいは寄付かなにかをした選挙運動の記録が残ってないか確認してほしい、と頼んだ。また、議員を含め、現在のスタッフに確認してほしいとも頼んだ。ローラが黒人であることをけっして言わなかったことに九十五パーセントの確信がある。予定では写真をスキャンして彼に送る手はずになっていた。だけど、わたしは送らなかった。忘れていたの」

「なるほど」

「次に二度目の会話のなかで、ヘイスティングスは、記録はなく、ジェイクを含め、だれもローラ・ウィルスンなる人物がボランティアあるいはほかのなにかであったのを覚えていない、と言った。そしてそのときそのことを強調するため、スタッフあるいはボランティアとしてアフリカ系アメリカ人がいたら、覚えているはずだとジェイクが言っていたとヘイスティングスは言ったの」

「だけど、きみはローラが黒人だと言わなかったことに確信がある」

「そのとおり。それからきのうちの班に来たとき、ジェイクはおなじことを言ったわ――選挙運動にアフリカ系アメリカ人がいたら覚えているはずだ、と」

ボッシュはうなずいた。ボッシュが空港に向かって出発するまえに、パールマンが班に突然の訪問をするためこちらに向かっているという連絡を受けたことをバラードはボッシュに話していた。

「ヘイスティングスが独自に調べて彼女が黒人だと突き止めたという可能性があるのでは？」ボッシュは訊いた。

「うん、可能性を言ったらきりがない」バラードは言った。「だけど、わたしは彼に話していない。それは確か」

「ところで、突然の訪問はどうだったんだ？」

「ジェイクと側近たちは三十分ほどあそこにいた。わたしが案内した。彼らはビデオを撮影し、わたしはおよそ五分間、パールマンにローラのことで質問した。それからもうひとつ、ヘイスティングスはずっと邪魔をしつづけて、ジェイクのスケジュールがタイトで、いかなければならないと言いつづけていた。捜査の邪魔をしようとしているあらたな兆候。彼はあきらかにわたしがパールマンに質問するのを望んでいなかった」

ボッシュにはバラードがアドレナリンに高揚してあせった口調になっているのが読

み取れた。ボッシュ自身もその昂奮を感じはじめていた。

「どう思う、ハリー？」バラードは訊いた。「どう行動すればいい？」

「単純だ。やつのDNAを手に入れる」ボッシュは言った。「それがきみの考えていることなんだろ？　もしDNAが合致すれば、ゲーム終了。手錠だ」

バラードはうなずいた。

「秘密裏にやらないと」バラードは言った。「こっそり回収する。だれにもこのことを知らせられない。ロウルズはヘイスティングスにすぐ漏らすし、知る人が多くなればなるほど、事態が悪化しかねない。だから、センターから離れたところであなたと会いたかったの」

「わかった」ボッシュは言った。

ふたりはしばらく黙っていたが、やがてボッシュが口をひらいた。

「おれがやろう」

「なにをするの？」バラードが訊ねる。

「ヘイスティングスを尾行してDNAを手に入れる」

「ひとりで？」

「きみはできない。班をまわさなければならないし、ヘイスティングスはきみを知っている。やつはおれを知らない。突然の訪問のとき、おれはいなかった。おれがやつを監視し、回収をおこなおう。もしＤＮＡが一致したら、やつにゲームを仕掛けるんだ。事件の最新状況の説明だと言って呼びだし、やつがウィルスンを知らず、彼女のアパートにいったことはないと言うのを記録する」

「いいね。うまくいきそう。あなたが事件に取り組んでいてポッドにいないことをどうやって説明したらいいかな？　あなたが姿を見せなくなったら、ほかの面々がわたしに訊いてくるはず」

「じゃあ、彼らにもゲームをしかけよう。おれは選挙応援バッジを持っている。それをアーマンスン・センターに持ちこむと、きみはおれが許可なくシカゴにいったというって激怒する。ヘマをした人間を家に帰らせる態度をきみはすでに見せている」

バラードはその可能性のあるシナリオを頭のなかで検討しているあいだ、黙っていた。

「うん、それならうまくいくかも」バラードは言った。

「ちょっと待った、マッサーはきみがおれを出張させたのを知っているぞ」ボッシュが言った。

「いまはいないわ。なにか用事があって帰ったの」

「じゃあ、やろうじゃないか。おれは今夜ヘイスティングスが退勤して、週末がはじまるときに居合わせたい」

「もうひとつある」

「なんだ？」

「この件がヘイスティングスといっしょに転がりはじめたとき、わたしは彼を調べてみた。パールマンは選挙区民向けのウェブサイトを持っており、そこにはスタッフのセクションもある。写真や簡単な経歴紹介、それぞれの責任範囲などなどが載っている。ヘイスティングスの場合、経歴紹介では、彼が障害を負った退役軍人であると書かれており、わたしは尿の血液と癌の件を考えていた。クレイマーから聞いたところでは、例の最初の選挙運動に参加したとき、ヘイスティングスは軍を辞めたばかりだったそうよ」

ボッシュはそれについて考えた。それもヘイスティングスを事件に結びつけるあらたな方法につながりえた。

「セントルイスの軍事公文書館に知り合いがいる」ボッシュは言った。「ヘイスティングスの軍歴を調べてもらえる。そこになにが書かれているか、われわれにわかるだろう」

「じゃあ、それも任せていい？」バラードは訊いた。

「ヘイスティングスに関わることはなんであれ、ポッドと切り離して扱うべきだと思う」

「そうね」

「ほかになにか？」

「いまのところわたしにわかっているのはそれだけ」

「じゃあ、アーマンスン・センターに戻ってくれ。おれはそのあとでのんびり入っていく。とりあえず、ここにいて、セントルイスにまず連絡してみる。ヘイスティングスの生年月日はわかるか？」

「いまから送る。きょう、車両登録局から引っ張りだした。ヘイスティングスの自宅住所を知りたくて」

「ヘイスティングスが所属していた軍の部隊をタキシード店の男は言ってたかい？」

「陸軍《アーミー》と言ってたけど、軍を指す一般的な意味で言ったのかもしれない」

「知り合いにまずそこからはじめるよう話してみる」

バラードは下を向いて携帯電話を見、ヘイスティングスの生年月日を呼びだした。

それをボッシュに送ってから、バラードは顔を起こし、ウインドシールドの向こうを見た。廃墟となったモールをまっすぐ見つめる。

「この場所になにがあったの？」バラードは訊いた。

「二十年以上、放置されているんだ」ボッシュは言った。「航空宇宙企業がこの地域とロサンジェルス国際空港から撤退したあと、経営不振に陥った。このモールが閉鎖され、以来ここはもぬけの殻のままだ。いまじゃ映画のロケ地として使われている」

「不思議だね——こんな大きな空っぽのモールだなんて」

「そうだな」

「じゃあ、アーマンスンで」

「あとで落ち合おう」

バラードはギアを入れ、車を発進させると、空っぽの駐車場を横切って出入口に向かった。

ボッシュは携帯電話を取りだし、連絡先リストをさがして、ゲーリー・マッキンタイアの番号を見つけた。彼はミズーリ州の国立人事記録センターに勤務する海軍犯罪捜査局《NCIS》の捜査官だった。長年にわたり、いくつもの事件でボッシュはマッキンタイアと連絡を取ってきた。ボッシュはマッキンタイアがまだ在籍していれば協力してくれるだろうとわかっていた。

電話には女性の声で応答があった。

「ゲーリー・マッキンタイアにかけたつもりだが」ボッシュは言った。

「ゲーリーはもうここにはいません」女性は言った。「わたしはヘニック捜査官です。ご用件はなんでしょう?」

「ロサンジェルス市警察のハリー・ボッシュです。ずっとゲーリーを相手にしてきました。二重殺人事件の捜査で、こちらで摑んでいる容疑者に関する軍歴記録一式を手に入れる必要があります」

「ゲーリーはずいぶんまえにいなくなりました。もう一度名前を聞かせて下さい」

「ハリー・ボッシュです」

「彼が残したコンタクト先にあなたの名前があるかどうか確認させて下さい」

「載っているはずですよ」

キーボードを叩く音が聞こえた。少し沈黙がつづいたあとでヘニックが見つけたものを口にした。

「あなたはサンフェルナンド市警で働いているとここに記されています」

「そこに二年いましたが、いまはロス市警に戻ったんです。目下、未解決事件を担当しています」

「なにをすればいいですか？」

「一九七六年三月十六日生まれのネルスン・ヘイスティングスという名前の男性の書類一式を入手したいんです」

「わかりました、いま書き留めました」

さて、ここからが難しいところだ。ボッシュは一刻も早くその情報が必要であり、ヘニックの協力をなんとかとりつけねばならなかった。

「あなたの名前はヘニックというんですね？」ボッシュは訊いた。「コンタクト先リストをアップデートしたいんです」

「はい、そうです」彼女は言った。

「スペルを教えてもらえますか？　正しく把握しておきたいので」

「ホテル《H》—エコー《E》—ノーヴェンバー《N》—インディア《I》—チャーリー《C》」

「ありがとう。ファーストネームは？」

「おしまいにhの付くサラです」

「なるほど、hの付くサラ。いま話題にした資料が手に入るのにはどれくらいかかります？　この事件は制限時間があるんです」

「そうですね、あなたは彼のリストに載ってました。通常うちは依頼順に対応するんです。制限時間とは？」

「この男に関するわれわれの見立てが正しいなら、彼は連続殺人犯です。あらたな犠牲者を出すまえに彼を逮捕しなければなりません。そしてわたしは、彼が特定の歳月、特定の場所にいたかどうかを確かめるため、彼の軍歴を必要としています。それを手に入れれば、網を狭めはじめ、彼がほかのだれかを傷つけるまえに一般社会《ストリート》から彼を取り除けるのです。良心に誓ってそんなことが起こるのをだれも望まないはずです。わたしの言いたいことがわかりますね？」

一拍の間を置いて、ヘニックが答えた。

「わかりました」ようやく彼女は言った。「二十四時間下さい。それからご連絡します。ゲーリーはあなたの電話番号と電子メール・アドレスをここに残しています。そのふたつはまだ有効ですか？」

「まだ有効です」ボッシュは言った。「で……あしたは土曜日です。いまの二十四時間というのは月曜日に持ち越しになるのですか、それともあしたわたしはなにかの連絡を受けるということですか？」

「わたしはあすも出勤です。わたしから連絡があると思っておいて下さい」

「心から感謝致します、h付きのサラさん」

ボッシュは電話を切り、車を発進させた。駐車場を横切ると、アーマンスン・センターを目指して引き返した。

25

バラードが作業スペースに戻り、クレイマーとの会話をメモに起こしていると、ボッシュが椅子の背後にやってきて、選挙応援バッジが封印されている証拠保管袋を置いた。

「これはなに?」バラードは訊いた。

「証拠だ」ボッシュは言った。「できるだけはやく指紋ラボに届けてもらう必要がある」

「これがなんなのかはわかってる。どうやって手に入れたの?」

「官僚主義の車輪がまわるのを待ちたくなかったんだ。おれがシカゴに出かけて、手に入れた」

ここでバラードが声を荒らげた。

「シカゴにいったですって?」

「そう言ったつもりだが」

バラードは持っていたペンを机に放った。それは声を荒らげたのと同様、ポッドのなかで関心を惹くための動きだった。

「ハリー、ついてきて」

バラードは立ち上がり、内密の会話をするため、取調室に歩いていった。ボッシュは罪人のようにうなだれ、あとにつづいた。ふたりは部屋に入り、バラードはわざと音を立ててドアを閉めた。すぐに片手を口元に持っていき、笑い声が出るのを抑える。

「とてもいい演技だった」バラードは小声で言った。「みんな見ていたと思う」

「まあ、あのバッジを鑑識に回さねばならないのは確かだ」ボッシュは言った。

「そうする。セントルイスの知り合いに電話したの？」

「したが、もういなかった。いまでは、女性が担当になっていた。その女性と話をしたところ、二十四時間以内に折り返しの連絡をすると約束してくれた。結果はわかるだろう。知り合いの男は全部引き継いでくれていた。あの男はおれに関する情報を黒塗りしないくらい信頼してくれていたんだ。今回のあらたな連絡先から、連絡があるはずだ」

「わかった、連絡があったら教えて。あそこに戻る用意はいい？」

「ああ。だけど、もう一回声を荒らげる必要があるとは思わないか？」

バラードは笑みを浮かべ、それが笑い声に変わらないようまた口元に手を当てた。

そののち、手を下ろすと、ドア越しに聞こえるくらい声を張り上げた。

「**家に帰って。いますぐ！**」

ボッシュはうなずき、小声で言った。

「それでうまくいくはずだ」

ボッシュはドアをあけ、出ていった。さきほどとおなじうなだれた様子を見せる。

バラードは戸口に立ち、ボッシュが作業スペースを迂回《うかい》して、まっすぐ出入口に向かうのを見つめた。ボッシュの命令違反にもうがまんがならないといったふうに首を振る。

ボッシュがいなくなるとバラードは作業スペースに戻ったが、立ったままノートパソコンと証拠袋をバックパックに詰めた。コリーン・ハッテラスがこちらを見ているのにバラードは気づいていた。

「コリーン、だれかがわたしをさがしていたら、ラボにいくためダウンタウンに出かけたと伝えて」バラードは言った。

「オーケイ」ハッテラスは言った。「帰ってきます？」

「たぶん帰らない」

「遺伝子系図学調査の最新状況をお伝えしたかったんですけど」

「つながりを見つけたの？」

「いえ、まだです」

「では、月曜日の朝、あなたがどこまでいったのか確かめさせて。わたしはラボにいかねばならないの」

ハッテラスは不機嫌な顔をした。いま報告したかったのだ。

「ひょっとしたら、それまでに重要なことがわかるかもしれないの、コリーン」バラードは言った。「月曜日の朝いちばんに話しましょう」

「わかりました」ハッテラスは言った。「ボッシュを首にしたんですか？」

ハッテラスは思わず最後の部分を口にし、バラードは取調室の芝居がうまくいったことを知って嬉しく思った。

「まだはっきりとはわからない」バラードは答えた。

「あの人は心から善人だと思います」ハッテラスは言った。「それを感じるんです」

「まあ、彼はもっとましなチームプレーヤーにならなければいけないし、そうじゃなければ、辞めてもらう」

「そうなってくれるはずです。わたしの感覚では、彼はそれを知っています」

「それなら、いい」

バラードはバックパックのストラップを肩にかけ、ポッドにいるほかのスタッフを見た。彼らはみな下を向き、仕事に没頭していて、ボッシュとの口論を聞いていなかったようなふりをしていた。

「ねえ、みんな」バラードは言った。「今週のみんなの働きにとても感謝していることを伝えたい。求められる以上の働きでした。その働きはけっして気づかれないことはありません。おやすみなさい」

そう言ってバラードは背を向け、出口を目指した。

26

ボッシュは市庁舎の駐車場出口から半ブロック離れたロサンジェルス・ストリートの路肩に車を停めた。バラードはネルスン・ヘイスティングスの車両登録局記録を調べ、彼の自家用車の車種情報とプレートナンバーをボッシュに伝えていた。残念ながら、ボッシュが待っているのは黒の二〇二〇年製テスラ・モデル3で、さがしている色と車種とモデルは、LAの道路で非常に人気の高いものだった。正しい車かどうかプレートナンバーで確認する必要があり、すでに車庫から出てくる車を二台追いかけ、追いついたはいいものの、該当車でないため引き返さざるをえない結果に終わっていた。

いまは午後六時四十分。ボッシュは二時間、待機と監視をつづけており、ヘイスティングスが出ていくのを見逃したのではないかと心配になっていた。携帯電話を取りだし、インターネット検索をおこなってから電話をかけた。女性が電話に出た。

「ジェイク・パールマン市会議員事務所です、ご用件はなんでしょう?」女性は訊いた。

「ああ、ネルスンはまだそこにいるかい?」ボッシュは訊いた。

ボッシュは親しい間柄であるように聞こえればいいと願って、気安い口調で言った。

「ここにおりますが、ただいま議員と打ち合わせ中です」と女性は言った。「お名前とご用件をお訊ねしていいですか?」

「あー、たんなる街灯の件なんだ」ボッシュは言った。「彼はそのことを知っている。月曜日にかけなおすよ」

ボッシュは電話を切った。少なくともヘイスティングスが出ていくのを見逃していないのはわかった。かなり長い待機に備えた。駐禁ゾーンに車を停めているので移動するようにとすでに一度言ってきた交通警官がまた来ないかサイドミラーから目を離さずに気をつけていた。

見張りをつづけてさらに二十分後、電話がかかってきた。アイダホ州のコーダレーンの局番二〇八ではじまる番号だった。ボッシュはその電話に出た。

「こちらはボッシュ」

「デュボースだ。メッセージを残しただろ」

「そうだ。それからそのまえにおれのパートナーが二度残している。そっちにいる引退警官はむかしの職場からの電話に応える時間が見つからないくらい忙しいのはどうしてだろうと不思議だった」

「むかしの職場なんざクソ食らえ、ボッシュ。おれのことなど気にしたこともあるまい。いまこうして電話を折り返している。なにが望みだ？」

「ローラ・ウィルスン事件を解決したい」

「おれたちはウィルスン事件を懸命に調べた。だが、ときどきうまくいかないこともある。おれたちは解決できなかった。話はおしまいだ」

「彼女の遺族にとってはそうじゃない。話はけっして終わらないんだ」

「ああ、それはお気の毒に。だが、おれたちがやったことはすべて、あの殺人事件について知っていたことはすべて、殺人事件調書に記されている。おれが付け加えることはなにもない。じゃあな」

「切るな」

「あんたの役には立てんよ、ボッシュ」

「そんなのわからないだろ。おれから話を聞くまでは。別の殺人が起こってるんだ」

デュボースはなにも言わず、ボッシュは待った。

「いつ？」ようやくデュボースは訊いた。

「実際にはウィルスン事件の十一年まえだ」ボッシュは言った。「ＤＮＡを通して、つなげたばかりだ」

「どこの事件だ？」

「ハリウッド分署が担当した。丘のふもとだ。ウィルスンとおなじように」

「黒人女性か？」

「白人だ。それがなにか違いを生じさせるのか？」

「いや、たんに詳しいことを知りたかっただけだ」

「ウィルスン殺害事件に人種が関係していると思っていたのか？」

「われわれの知るかぎりでは関係していない」

「そのことは捜査に関わっていたのか？」

「なにを言ってるんだ、ボッシュ？」

「なんでもない。たんに質問をしているだけだ。あの捜査で、殺人事件調書に書かれていないことを話してくれ」

「そんなものはない」

「つねにあるはずだ。書かれなかった報告書、説明されなかった行き止まり。なぜ尿のなかの血を調べなかったんだ？」

「尿のなんだと？」

「聞こえただろ。あんたたちは尿の血液からDNAを手に入れた。それは疾病を意味していたが、それについてフォローアップしたことは調書になにも出ていない」

「おれをバカにしてるのか？　おれたちになにができたと思う？　あれは意味しているものの可能性が膨大だった。腹をガツンと殴られれば小便に血が混じる。市内のすべての病院と人工透析クリニックに出向いて、『おたくの患者のリストを提出してくれ』と言うべきだったというのか？　ファック・ユー、ボッシュ。おれたちはこの事件の相当の注意《デユー・デイリジエンス》を怠らなかった。それに——」

「ネルスン・ヘイスティングス。その名前が浮かび上がったことは？」

「ネルスン……だれだ？」

「ヘイスティングスだ。その名前は調書にはなかった。当時、彼は三十歳くらいで、軍を除隊したばかりだった。その名前になにか心当たりはないか？」

「いや、聞いたことがない」

「そいつが浮かび上がっていたら覚えていると思うか？」

「もし浮かび上がっていたら、その名前は調書に書かれている。おれたちはなにも省かなかった。もう済んだか？」

「ああ、そうだ、デュボース。用は済んだ」

「けっこう」

デュボースは電話を切った。

ボッシュは通話のあいだも駐車場の出口から目を離さずにいた。黒いテスラが現れるところは見ていなかった。デュボースとの会話の検討をはじめる。引退した刑事が病院や透析クリニックを調べるという話を持ちだした事実は、デュボースとパートナーがそのような捜査の道筋をおそらくは検討し、却下したであろうことをボッシュに告げた。ボッシュに腹を立てていたのは、たぶん、その点を追求しなかった疚《やま》しさからくるものだろう。ひっくり返さなかった石——刑事たちはそのような疚しさや後悔を墓まで持っていくのだとボッシュは知っていた。

ボッシュがバラードに連絡を入れていまのデュボースからの電話について話そうとした矢先、市庁舎の駐車場からすばやく数台の車が出てくるのを目にした。三番目が黒のテスラだった。ボッシュは携帯電話を置き、路肩から車を発進させると尾行した。ファースト・ストリートの赤信号で追いつき、プレートナンバーを確認する。へイスティングスの車だったが、車窓のガラスに黒い色が付けられていて、市会議員のウェブサイトのスタッフ紹介ページの写真とおなじ男が乗っているかどうか確認することができなかった。

テスラはファースト・ストリートで右折し、北進して、ダウンタウンを出た。運転者はラッシュアワーで渋滞しているハリウッド・フリーウェイよりも一般道を選択した。一台の車で尾行するのは、つねに難しいことである。とりわけ、その一台が三十年もののチェロキーで特徴ある角張ったボディー・スタイルをしている場合には。ボッシュはできるかぎり後方に位置していたが、もし信号ひとつ逃せば容易にヘイスティングスを見失ってしまうとわかっていた。ボッシュはバラードからヘイスティングスの住所を手に入れていたが、途中のどこかに立ち寄って、コーヒー・カップや食べ物の包み紙あるいはピザの食べ残しにDNAが付着することになるのを期待していた。剥がれた皮膚細胞には、必要とされるDNAが含まれている。ヘイスティングスにやってもらいたいのは、なにかを手で扱い、あとで回収できるようそこに残しておいてくれることだった。

テスラはようやくサンセット大通りにたどりつくと、沈みゆく太陽に向かって西へ進んだ。ボッシュはバラードから送られたデータから、ヘイスティングスがラニヨン・キャニオン・パークの低いほうの入り口に近いヴィスタ・ストリートに住んでいるのを知っていた。自宅がテスラの目的地のようであり、ボッシュはがっかりした。それはつまり、今夜はDNAの回収は期待できないということだった。

だが、そのとき、テスラが角を曲がることなくヴィスタを通りすぎた。数ブロック進んでから、テスラは〈アルモー・ワイン&スピリッツ〉の店のまえの路肩に停まった。ボッシュは半ブロックうしろの路肩に車を停め、ひとりの男が車からすばやく降りて、店のなかに足早に入っていくのを見た。ボッシュは店の横手にある駐車場に車を進めた。そこだとテスラの運転者が車を出すときにボッシュの車を目にすることはないだろう。ボッシュはドジャースのキャップをかぶって、車を降り、店に入った。その帽子はある程度のカモフラージュになってくれるだろうが、ヘイスティングスに以前に見られたことはないか、未解決事件班の最新の追加人員についてバラードから知らされた際に写真を見ていないことにボッシュは賭けていた。たとえ写真を見たとしてもきっとその写真はボッシュのロス市警時代のファイルにあった古いものだろう。

いったん店内に入ると、ボッシュは、テスラを運転していたのがヘイスティングスだと確認し、少なくとも監視を台無しにせずにすんで一瞬ホッとした。

ヘイスティングスは赤ワインの棚のまえに立っていた。ボッシュは店内を進み、白ワインのフロアディスプレイのそばに立った。陳列されたワインの頭越しにボッシュはヘイスティングスが一本の赤ワインに手を伸ばし、それをてのひらで支え持ち、裏のラベルを読んでいるのを見た。すぐにヘイスティングスはそのワインを棚に戻し、別のワインを手にした。おなじようにそのワインの裏のラベルを読んで、見たものが気に入った様子だった。ヘイスティングスは方向を変え、そのワインを購入するため、レジカウンターに向かった。

ボッシュはヘイスティングスが最初に触った壜《びん》のありかを心に留めた。確実にそれを目指して戻ってくることができるはずだ。だが、いまのところ、ヘイスティングスの尾行をつづける立場にいたかった。踵《きびす》を返し、店をあとにして、車に戻った。ヘイスティングスは近くにある自宅に向かい、ワイン・ボトルとともに週末をはじめる可能性が高い、とボッシュは思っていた。だが、そうではなかった場合、ヘイスティングスを見失うリスクを冒すわけにはいかなかった。もし週末のあいだにヘイスティングスと対峙し、あるいは逮捕までおこなうと決まった場合、ヘイスティングスの居場所を知るのは重要だった。

数分後、ヘイスティングスは、ワイン・ボトルの首のところを持って、店から出てきた。彼はボッシュのいる方を振り返ることなく、自分の車に軽快に乗った。ボッシュからは、店の正面の角を通りすぎるテスラのうしろ姿しか見えなかった。ヘイスティングスが車の流れに戻って見えなくなると、ボッシュは駐車場から車を出して、あとを追った。

ヘイスティングスは自宅に帰らなかった。サンセット大通りを西に進みつづけ、フェアファックス・アヴェニューとクレセント・ハイツを横切り、ストリップの端から端まで通って、サンセット・プラザにたどりつくと、また北に方向を変え、丘陵に入りこんだ。ほどなくして角を曲がるとセント・アイヴス・ドライブに入り、すぐに一軒の家のまえの路肩に車を停めた。

ボッシュはセント・アイヴス・ドライブを通り抜け、丘を数軒分のぼってから、Uターンし、角まで降りてきた。テスラおよびそれが正面に停まっている家のエントランスが部分的に見えるだけの狭い視野しか取れない位置にボッシュはいた。待って見ていたが、ヘイスティングスは車から降りてこなかった。これは自分が尾行されているかどうかを判断するためのヘイスティングスの計略なのだろうか、とボッシュは疑問に思いはじめた。

だが、そのとき、家の車庫のドアがひらきはじめ、ボッシュは一台の車が方向指示器を点滅させながらサンセット・プラザを登ってくるのを見た。ボッシュは急いでウインドウ・バイザーを叩き下げ、その車がセント・アイヴス・ドライブにいるボッシュのまえに姿を現すと、片手を顔のまえに持ってきて額をこすった。車が通りすぎる際、プレートナンバーに目を凝らし、その車が車庫に入っていくのを見守った。ヘイスティングスが車を降り、ワイン・ボトルを携えて、車庫に向かって歩いていく。ヘイスティングスは車庫に入り、少しして、車庫の扉が閉まった。

ボッシュはセンターコンソールからすばやくメモパッドとペンを摑み、プレートナンバーを書き記した。そののち、バラードに連絡した。

「ハリー」

「いまどこだ？」

「自宅。どうしたの？」

「プレートナンバーを調べてくれないか？　ヘイスティングスは自宅には帰らなかった。ワインを買って、それをサンセット・プラザの上にある家に持っていった。一台の車が車庫に入るのを見て、そのプレートナンバーを読みとったんだ」

「それを教えて。かけなおす」

ボッシュは番号をパッドから読み上げてから電話を切った。ボッシュは家の様子を確認したが、引かれたカーテンの奥でなんの動きも見えなかった。ヘイスティングスはだれかとロマンチックな夕食を取るためにここを訪れ、おそらくは一晩泊まっているのだろう、とボッシュの勘が告げた。この監視を朝まで、できれば週末ずっとつづけさせたいとバラードが願う可能性がある、とボッシュにはわかっていた。

サンセット大通りの〈ブック・スープ〉の近くに〈ミッドウェイ・レンタカー〉の店があるのをボッシュは覚えていた。そこの電話番号を携帯で調べ、一台の車を予約した。一九九二年製のハンターグリーンのチェロキーで尾行をつづけるのは運を磨《す》り減《へ》らすだろうとわかっていた。装いを替える必要があった。

〈ミッドウェイ・レンタカー〉の店と電話をしているときにバラードが折り返しの電話をかけてきたが、ボッシュはそれを無視した。レンタカーの予約を確保してから、バラードにかけ直した。

「あなたが言っていたその家はセント・アイヴス・ドライブにあるのね？」バラードが訊いた。

「そうだ」ボッシュは答えた。「なにが見つかった？」

「このプレートナンバーは、セント・アイヴス・ドライブのリタ・フォードに登録されている。彼女はパールマンの政治顧問よ。背が低くて、白人、長い黒髪――彼女だった？」

「姿は見なかった。車に乗って車庫に入っていったからだ。プレートナンバーだけ、読み取ったんだ」

「まあ、ささやかなオフィス内恋愛を目撃したようなものね。パールマンは知っているのかな。もし愁嘆場になったり、公に知られるようになったりすれば、議員にはねかえってきかねないな」

ボッシュは意見を口にしなかった。自分にとってゴシップにすぎないことを気に留めていなかった。

「おれの勘では、ヘイスティングスは一泊すると思う」ボッシュは言った。「遅くに帰宅する可能性はあるが、たぶんそうしないだろう。ワイン一本を空けるとすれば、帰らないいな」

「いい指摘ね」バラードが言った。

「で、おれはこのままここに残るか、朝出直すか、どちらがいい？　さっき車を借りたんだ。あのチェロキーが気になるなら、あしたは別の車で監視できる」

「それは賢明ね。自分で決めて。帰りたければ帰って」

「彼が店で一本のワインを手にしているのを見た。いまからそこへ戻って、そのワインを手に入れ、きみに届けることができる。あすの朝、掌紋を調べさせることができるように」

「ああ、いいわね。そのボトルを取りにいって、ハリー、だれかがあなたより先に手に入れていないことを祈りましょう」

ボッシュは一瞬ためらったが、ずっと考えていた別のことを言葉にした。

「それから、ヘイスティングスが女といっしょにここにいるのだから……」

そこでいったん黙る。

「なに？」バラードは訊いた。

「ヘイスティングスの自宅のことを考えていたんだ」ボッシュは言った。「そこになにかがあるかどうか確かめにいけるかもしれない」

「ハリー、そんなことはいっさい考えないで。あなたはもう私立探偵ではないし、わたしたちは規則に従ってこれをやらなきゃならないの。秘密の回収にはルールがある。回収される物品は公の場で捨てられたものでなければならない。彼の家に侵入してはならない。本気で言ってるからね」

「たまたま立ち寄って、ゴミ箱を調べてみるだけというのはどうだろう？　裁判所は、ゴミを調べるのは法的に許される行為だと裁定してきた」

「公道に置かれているならね。だから、ハリー、彼の家に近づかないで。近づかないと言葉に出してもらいたい」

「彼の家には近づかないよ、これでいいか？　ただの提案だ」

「悪い提案ね」

「オーケイ、じゃあ、きみは自宅にいるよな？　おれはあのワイン・ボトルを取りにいく」

「わたしはここにいるわ」

二十五分後、ボッシュはロス・フェリズにあるバラードの集合住宅まえに車を停めた。バラードは通りに立って待っていた。ボッシュが事前に連絡していたからだ。バラードは飼い犬のピントにリードをつけてそばに連れていた。

ボッシュは窓越しにポートランディア・ピノ・ノワールのボトルを彼女に渡した。〈アルモー・ワイン＆スピリッツ〉の茶色い紙袋に入れていた。

「正面のラベルに掌紋が付いているかもしれないと伝えてくれ」ボッシュは言った。「裏のラベルを読んでいるとき、正面をてのひらで包んでボトルを持っていた」

「わかった」

バラードは袋をあけ、ボトルの首のところを摑んで引っ張り上げ、正面のラベルをじっと見た。

「高級ワインみたいね」バラードは言った。

「そのはずだ」ボッシュは言った。「だけど、ヘイスティングスには高すぎた。もっと安いワインを買ってたよ」

「リタ・フォードは高級ワインの価値はないんだ――もしそれを知ったら彼女はどう思うだろうな」

「ヘイスティングスについて彼女が知らないことはたくさんあるんだろう」

「これ、ありがとう、ハリー。あしただれが出勤するのか確かめてから、いちばんに持っていくわ。それまでには選挙応援バッジでなにかわかるかもしれない」

「知らせてくれ」

「それから、これをあなたの経費精算書に付け加えておく」

バラードは笑みを浮かべ、ボッシュはうなずいた。

「ああ、付けといてくれ」ボッシュは言った。

バラードはうしろに下がり、ボッシュの車は走り去った。

ボッシュは娘の住んでいる地域にいた。彼女の家のまえを車で通りすぎることに決めた。深夜勤でまだ働いているのだろうと思ってはいたが。ボーイフレンドとシェアしている小さな家は明かりが点《つ》いていなかった。ボッシュは少しのあいだ、そこで停まっていたが、走り去り、携帯電話を取りだして、娘にかけた。

その電話は留守録につながった。

「やあ、マッズ、LAに戻ってきたことを伝えたくて電話しただけだ。近くにいるので、なにか必要なら、あるいは、コーヒーかビールか夕食を食べたいなら、連絡してくれ。気をつけて。愛しているよ」

ボッシュは電話を切った。娘は折り返しの電話をかけてこないか、申し出を受けないかだろう、とわかっていた。ボッシュは夜に向かって車を走らせつづけた。

27

バラードは車に乗りこみ、窓を下げ、落ち着こうとした。

「クソ」バラードは毒づいた。

彼女は携帯電話を取りだし、ボッシュにかけた。ボッシュはすぐに出た。バラードは背景に車の行き交う音を捉えた。

「ハリー、わたしよ。いまどこにいるの？」

「市庁舎に向かうヘイスティングスをレンタカーで追ってる」

「市庁舎——確かなの？　きょうは土曜日よ」

「あいつがそこに到着するまで確かだとは言えないが、ダウンタウンに向かっているようなんだ。午前八時ごろにリタ・フォードの家を出て、自宅に戻り、少ししてからカジュアルな土曜日の服装で出かけた」

「それってどういう意味？」

「上着とドレスシャツ、ノータイ」

「どこかに立ち寄った？」

「いまのところは立ち寄ってない。ラボからなにかあったかい？」

「いまラボを出たところ。で、結果はよくない」

「バッジに指紋は検出されなかったのか？」

「いいえ、指紋はひとつあった。だけど、ローラ・ウィルスンの指紋だった」

「なるほど。ワイン・ボトルはどうだった？　きみは――」

「汚れだけだった。役に立たない」

「DNAはどうなんだ？」

「わたしはワイン・ボトルとバッジを血清学ラボに届けた。ダーシーは非番だったけど、電話をかけた。彼女は出てきて、拭き取り採取をしてみると言ってくれた。だけど、希望を持たないでね。彼女の話では、窓敷居の掌紋が手に入ったのは、犯人がたぶん緊張して汗をかいていたからだろうということだった。ヘイスティングスがワイン・ボトルを選ぶのにたくさん汗をかいていたとは思えない」

ボッシュは返事をしなかった。

「聞いてる、ハリー？」

「ああ、考えごとをしていた。通りに置かれていないかぎりヘイスティングスのゴミを調べたくないんだな。じゃあ、あいつを引っ張りださねばならん」

「どういうこと、彼を逮捕するの？　なんの証拠もないわ」

「いや、彼をアーマンスン・センターにもう一度来させるんだ。どうだろう、なにかでっち上げて、最新情報を知らせるため来てもらわなければならないと伝えるとか？」

「休日にわざわざウェストチェスターまでやってくると思う？」

「実際に会う必要があるときみが言うんだ。市会議員に関して取り扱いに慎重を要する事柄をわれわれが発見したからだ、と伝えて。ヘイスティングスの最優先事項はパールマンを守ることだとわかっている。あいつは出てくる。そしたら、アーム付きの椅子に座らせるんだ。立ち上がるときにてのひらでアームを押さねばならないだろう。コーヒーを入れたカップを出し、スナックやガムをテーブルに置く。読んだら返してもらうなんらかの書類を渡す。ほら、その茶番をおれたちが演じ、ヘイスティングスが立ち去ると、うまくいけば掌紋とＤＮＡが手に入る」

　バラードはそのアイデアを少しのあいだ検討した。

「どう思う？」ボッシュが促す。

「うまくいくかもしれない。でも、彼が犯人だとしたら、こちらがいいかげんな話をすればバレてしまうのでは」バラードは言った。「彼を引っ張りだすに足り、なおかつこちらの話す内容を信じさせるに足るなにか重大な話をひねりださないと」

「ヘイスティングスとタキシード店の男は口を利かない関係だと言ってたよな？」

「クレイマー。ええ、そう、もう何年も話していないんだって。ヘイスティングスがパールマンの宇宙からクレイマーを追いだし、クレイマーはいまもそれを恨みに思っている」

「わかった。じゃあ、こんな具合に話を作ろう。クレイマーがきみに重要な話をしたことにする。もし表に出たら政治的にパールマンを傷つけるであろう誹謗中傷あるいはその手の話だとする。クレイマーの宣誓供述書をでっち上げるんだ」

ボッシュの話を聞きながら、バラードはうなずいた。その会話が電話越しであったにもかかわらず。

「ヘイスティングスがクレイマーに確認する可能性は低いわね。ふたりは口を利かないのだから」バラードは言った。「クレイマーが最初の選挙運動時の記録を保管しており、パールマンとローラ・ウィルスンを結びつけるものがあった、と言うことができる。メモか電話のメッセージかなにかということにする。わたしたちが落ち合うまえに内容を固めておきましょう」

バラードは車を発進させ、フリーウェイ10号線に向かって戻っていった。

「じゃあ、きみが手はずを整えるんだな？」ボッシュが訊いた。

「きょうアーマンスンに呼び出してみる」バラードは言った。「土曜日なのが幸いね。ほかのだれもいないはず。内密の話にする必要がある、とわたしが伝える」

「だが、万が一、ヘイスティングスがきみに来てくれと言ったらどうする？　その場合の代案は？」

「たんにノーと言うわ。パールマンも土曜日に出てくるかもしれない。だから、アーマンスンでなければならない。もしアーマンスン・センターに来るのをヘイスティングスがためらうなら、コーヒーショップを提案する。彼が先にコーヒーを飲むことになるようにわたしは遅れていき、話が終わったときにコーヒー・カップを彼が捨てるように仕向けるわ」

「いいね。ヘイスティングスはいま市庁舎の駐車場に入っていった。戻ってきた場合に備えて、おれは彼についていようか？」

「いえ、アーマンスン・センターで落ち合って、話をひねりだしましょう。ふたりでヘイスティングスと会う算段をするの」

「尾行中にヘイスティングスがおれを見たとは思わない。だけど、万一に備えて、へイスティングスとの打ち合わせにおれが加わるべきじゃないと思う。後方に控えておくよ」

「ええ、安全策をとって」

「オーケイ、では、あそこで会おう」

バラードは電話を切った。ダウンタウンを突っ切り、ウェストチェスターにたどりつくまで四十分かかった。やっとポッドまでいくと、コリーン・ハッテラスが自分の作業スペースにいるのを目にした。

「コリーン、土曜日よ。ここでなにをしてるの？」

「月曜日の最新状況報告に備えて、これを調べておきたかっただけです」

「なんの最新状況報告？」

「覚えていないんですか、パールマンとウィルスンの遺伝子系図学調査の件を月曜いちばんにすることになってたことを？」

「ああ、そうだった」

「あなたはここでなにをするんです？」

「ただの……仕事よ。けさ、ラボにいかなければならず、いくつか報告書を書いて、二、三確認をするつもりだったの。コーヒーを取りにいってから、遺伝子系図学調査の話をしましょう。週末を楽しんでもらうため、あなたをここから追いだすわよ」

「あー、いいですよ。月曜までにもっと情報を手に入れているでしょうけど、いまでもいいです。ラボはどうでした？　いいニュースはありました？」

「いいえ、あまりいいニュースはないわ。だからこそ、遺伝子系図学調査がうまくいくことを祈っている」

「ハリーはどうなんです？　彼は戻ってくるんですか？」

「実を言うとね、戻ってくる。彼と話をしたところ、納得してくれた。もうなんの問題もないわ」

「よかった。わたしはハリーが好きです。すてきな魂の持ち主です」

「ええ。コーヒーを取ってくるので、あなたが見せたがっているものの用意をしといて」

バラードは椅子の横の床にバックパックを置いて、休憩室に向かった。コーヒーは作られていなかったが、かえってそれがよかった。ハッテラスとポッドから離れている正当な理由ができたからだ。バラードはポットにコーヒーを淹《い》れはじめると、携帯電話を取りだして、ボッシュにショートメッセージを送った。

ちょっと待ってて、ハリー。コリーンがオフィスにいる。なんとか追いだす。大丈夫になったらメッセージを送る。

ガラス・ポットがいっぱいになると、バラードは自分用にカップに注ぎ、ポッドに戻った。コリーンはふたつめのデスクチェアを自分の作業スペースに寄せてきており、バラードが隣に座って、自分のコンピュータ画面を見られるようにしていた。

「あと一分ちょうだい」バラードは言った。「急いで電子メールを書かないといけないの」

バラードはバックパックからノートパソコンを取りだし、机の上でひらいた。ヘイスティングスを誘いだす電子メールを書き上げる。これで直接会うことになればいい、と願う。

ネルスン、困ったことが起きました。土曜日だとわかっていますが、JPの最初の選挙運動の記録を見つけたところ、そこに話し合わなきゃならない重要なことがありました。アーマンスンに来ていただくか、市庁舎から離れた別のところでわたしと会ってもらうことはできますか？　連絡して下さい。

バラードはそのメールを読み返し、市庁舎に触れたところで、ヘイスティングスが土曜日にそこで働いているのを自分が知っていることを明らかにしていると悟った。そこを書き直してから、ヘイスティングスに送った。それから手帳とペンを手に取り、ハッテラスとの遺伝子系図学調査に関するブリーフィングに持っていくことにした。だが、椅子から立ち上がりもしないうちにヘイスティングスの携帯電話から電話がかかってきた。

「バラード刑事、いったいなんの話なんだ?」ヘイスティングスは訊いた。

「えーっと、電話では話したくないんです」バラードは言った。「きょう会えませんか?」

「きょう、働きに来ているんだ。ダウンタウンに来てもらう必要がある」

「いえ、この件で市庁舎にいたくありません。ほかの人がまわりにいるかもしれず、わたしは――」

「わかった。二時にオフィスを出られる。ブロードウェイのグランド・セントラル・マーケットは知ってるかい?」

RB

「もちろん。そこでお会いできますよ」

「ヒル・ストリート側のエントランスに〈G&Bコーヒー〉がある。そこで二時十五分に会おう」

「わかりました」

「いま電話で話せないのはほんとなんだな？」

「話したくないですね。あとで理由を説明しますよ」

「じゃあ、わかった。二時十五分に〈G&B〉で」

ヘイスティングスは電話を切った。バラードは少しの間座ったままでいて、ヘイスティングスに対面の打ち合わせが必要であることを疑われないような話をひねりだすのに三時間しかないというプレッシャーを感じていた。

「用意はいいですか？」ハッテラスがパーティションの反対側から声をかけた。

「そちらにいく」バラードはそう言って、自分の作業スペースから立ち上がった。

バラードは隣の間仕切りにまわりこみ、ハッテラスの隣に腰を下ろした。ハッテラスは自分のノートパソコンを二十八インチのLGディスプレイ・モニターに接続していた。それによって、ハッテラスは大きなデジタル・キャンバスで作業して、DNA家系図を見たり、特定個人の染色体や推定される地理的な祖先の色分けされたグラフイックを切り換えたりできるのだった。

「緊張しているみたいですね」ハッテラスが言った。

「わたしを読もうとしないで、コリーン」気色ばんでバラードは言った。「わたしはそんな気分じゃないの。手に入れたものを話してくれればいい」

ハッテラスはうなずき、傷ついた表情を浮かべた。

「わかりました」ハッテラスは言った。「さて、遺伝子系図学調査の基礎について、以前に話し合いましたね？　センチモルガン、共有した一致、直近の共通祖先――それらすべては、手持ちのDNA標本の潜在的祖先を見つけるために用いるものだと？」

「ええ、全部覚えてる。だけど、わたしは遺伝学者でも系図学者でもない。だから、極力シンプルにして、われわれの容疑者の潜在的親戚を絞れてきたのかどうかだけ話してちょうだい」

「そうですね、だんだん近づいています。わたしに言えるのはそこまでです」

つづく二十分間、ハッテラスは、遺伝子系図学調査で見つかったこととそれがなにを意味しうるのかを説明した。サラ・パールマンの寝室の窓敷居で見つかった掌紋から入手したDNAプロフィールは、GEDマッチのデータベースにアップロードされた。するとGEDマッチは、23andMeやAncestryDNAなどさまざまな消費者向け系図プラットフォームにアップロードされてきた何十万ものほかのユーザーの生の常染色体DNAデータファイルとの比較を生成した。

いまのところ、窓敷居に部分的な掌紋を残した男性と少なくとも一部のDNAを共有しているユーザー四名が該当した。

「これはわれわれの容疑者とつながっている可能性が四件あるということです」ハッテラスは言った。「次の動きは、ひとりあるいは全員の家系図の作成をはじめ、どれくらい彼らが容疑者と結び付いているのかを確かめるというのが普通でしょう。でも、ここで幸運なことが起こりました。その四人のうちひとりがすでに家系図の作成をはじめていて、それはわたしたちが手に入れられるものでした。また、その家系図にはほかの三人も含まれているようなのです。通常、家系図の作成をはじめるとき、それをプライベートなものにするか、あるいはほかのユーザー用に公開するかのどちらかを選ぶことができます。自分のさがしているだれかが見られるように。今回の家系図は公開されています——現時点では」

ハッテラスは大きいほうの画面を指さした。遺伝子的家系図は、実際の木よりも、企業のフローチャートに似て見えた。この家系図は、ラフリン家家系図と名前がついており、ハッテラスが拡大したセクションは、砂時計のような形をして、名前と生年と死亡年、地理的位置、そして場合によってはサムネイル画像がついている男女の祖先のアイコンで構成されていた。一部のアイコンは空白のままのようだった。その家系図の遠い枝にいる親戚がまだ特定されていなかったからだ。新しいつながりが欠けていることでエンストしてる、途中の作業であるのは明白だった。

「これではLAにはだれもいないように見える」バラードは言った。

「幸運なことが起こったとは言いませんが、それほどでもなかったんです」ハッテラスは言った。「この家系図はこの一族の中西部の分派を反映しています。また、カンザスとミズーリとオハイオ、そしてそのあいだの場所に既知の遺伝子的親戚がいることも示しています。ですが、ちょっと待って下さい、全員が亡くなっていません。この人たちが共有しているセンチモルガンの数から判断して、この人たちはわれわれの不詳の容疑者のまたいとこか、またいとこの子どもであるだろう、とわたしは推測しています。そして、この最上段にある、これらの不詳の人たちの一部は、西海岸に向かった一族である可能性が高いのです」

「でも、当地では合致した人は見つけられないんじゃない？」

「もしここにいる親戚がDNAを提出し、それをGEDマッチで共有されるのを認めた場合にのみ見つかるでしょう。DNAプラットフォームに入力されたものでしか調べられません。だからこそ、個人的なつながりが重要なんです。ずいぶんまえに当地へ引っ越してきた祖父母あるいは大おじのような人に関する一族の伝説を聞いたことがあるだろうか、と直接訊ねればいい」

「彼らのだれかともう連絡を取った？」

「GEDマッチ・ポータル・サイトを通して、合致した四人全員にメッセージを送ったところ、三人から反応がありました。これはとてもいい成績なんです。相手が法執行機関とつながっている場合、反応しないか一度だけ反応してから幽霊になってしまう人がどんなに多いか、知れば驚くはず。ある意味皮肉ですね。こうしたプラットフォームの大半では、法執行機関の捜索に協力することを選ぶボックスをクリックしなければならないのに。だけど、いざ連絡が届くと、一部の人は無視するんです。ですから、四人中三人というのは、全然悪くない結果です」

「それでは、反応があったその三名――彼らはあなたが西海岸について訊ねたとき、どう言ったのかしら？」

「それをきょう確認していたんです。いまのところ質問にひとりだけ返事が届いていました。その結果は、否定的でした」

「つまり、どういうこと？」

「彼女はロサンジェルスあるいはカリフォルニア州にいる親戚をひとりも知らなかったんです。ですが、調べてみると約束してくれました」

「それはあまり助けにはならないな」

「実際には、ある意味、助けになっています。すでにここで手に入れているものから、確実に有益な情報を手に入れることができます。これらの四名のＤＮＡ上の親戚は、かなり狭い地理的クラスターのなかにいるんです。数十年間で全米に広がっていくことはあまりなかったんです。通常は広がっていくものなんですが。そしてこれがなにを意味するかというと、せいぜい一世代か二世代まえに西海岸に引っ越してきた家族をわたしたちはさがしている可能性が高いということです。十一年間隔てられているふたつの犯罪があることからこれは行きずりの人間の犯行ではなく、定住者でありながら、中西部にルーツを持つ人物である可能性がずっと高くなったんです」

「オーケイ。では、あなたに返事を寄越した人がこの図にない親戚をもっとさがそうとしたらどうすればいい？」

「家系図を見てほしいんですが、これがわたしに回答してくれた人です。シャノン・ラフリン。ここを見ると、彼女には存命の祖母がいるのがわかります。母方の祖母です。エディス・マックグラス。シャノンは祖母のところにいき、祖母の系統で――兄弟やいとこやだれでも――西に引っ越した人はいないか訊ねる可能性が高いです」

バラードはポケットのなかで携帯電話が振動するのを感じた。

「ちょっと待って」バラードは言った。

バラードは携帯電話を取りだし、ショートメッセージを確認した。ボッシュからだった。

到着した。セントルイスからいましがた連絡があった。話をする必要がある。

バラードは急いで返事を入力した。

二階の休憩室にいって。五分後にそこで会いましょう。

バラードは携帯電話をしまい、ハッテラスにふたたび注意を向けた。

「で、あなたはシャノン・ラフリンに祖母に訊ねるよう仕向けるのね？」

「そのつもりです」

バラードは画面を指さした。

「それまでは、わたしたちに確実にわかっているのは、容疑者が中西部にルーツを持つだろうということだけ」バラードは言った。

「そのとおりです」ハッテラスは言った。「そしてわたしはその線を調べつづけるつもりです」

「で、その人たちにあなたはどう名乗っているの？」

「わたしは警察のために未解決事件を調べている系図学者だと言ってます。ご承知のように、最近は、反警察感情が満ちあふれていますから、わたしはゆっくり、丁寧に、希望を持って、彼らの信頼を勝ち取ろうとしています。あけすけに自分はロス市警だと言わないほうがいいと思うんです」

「それでいいと思う。だけど、あなたは実際にはロス市警の一員ではないことを忘れないでいて。あなたは民間人のボランティアなの」

「わかってます」

「オーケイ、コリーン、いい情報だった。つづけてちょうだい。次のリンクが見つかったら教えてね」

ヘイスティングスとの打ち合わせがダウンタウンでおこなわれることになった以

上、バラードはハッテラスをこの建物から出ていかせる必要を感じなかった。ハッテラスは望むなら、一日じゅうここで働いていられる。

「そうします」ハッテラスは言った。「それから、あの、レネイ？」

「なに？」バラードは訊いた。

「いま起こっていることで、わたしたちほかの人間が知っておくべきことはありますか？　ちょっとハイスクールみたいに感じています。あなたとハリーがチームを組んで、四六時中ひそひそ話をしているのは。それからあなたたちふたりがきのうやったような喧嘩のふりとか。あれって、わたしたちのためにやってるショーみたいな気がするんです」

「いいえ、コリーン、だれかほかの人間が知っておくべきことはなにもないわ。事件が……政治的に……慎重な取り扱いを必要とするものなので、いろいろあるだけよ。加えて、ハリー・ボッシュとわたしは数年まえにいっしょに事件捜査にあたっていたことがあるので、簡略化した伝達方法とすでに確立された信頼関係があるの。それでかまわない？」

「あー、そうですね、はい。たんなる好奇心からです。特別な意図は――」

「オーケイ、じゃあ、あなたは必要なことをして、成果をあげてちょうだい、コリーン。それから情報提供をありがとう。わたしはいまから出かけるの」

「書かなきゃならない報告書がいくつかあるって言ってましたけど」

「気が変わった。家で書く。あなたも家に帰らないと。週末なんだから、コリーン」

バラードは立ち上がり、自分の作業スペースに戻り、ノートパソコンをバックパックに入れると、出口のほうへ向かった。バラードはハッテラスを振り返らなかったが、その間ずっと見られているという感覚があった。


（下巻につづく）

|著者| マイクル・コナリー　1956年、フィラデルフィア生まれ。フロリダ大学を卒業し、新聞社でジャーナリストとして働く。共同執筆した記事がピュリッツァー賞の最終選考まで残り、ロサンジェルス・タイムズ紙に引き抜かれる。1992年に作家デビューを果たし、現在は小説の他にテレビ脚本なども手がける。2023年、アメリカ探偵作家クラブ（MWA）巨匠賞《グランド・マスター・アワード》受賞。著書はデビュー作から続くハリー・ボッシュ・シリーズの他、リンカーン弁護士シリーズ、記者が主人公の『警告』、本作と同じレネイ・バラードが活躍する『レイトショー』『素晴らしき世界』『鬼火』『ダーク・アワーズ』などがある。

|訳者| 古沢嘉通　1958年、北海道生まれ。大阪外国語大学デンマーク語科卒業。コナリー邦訳作品の大半を翻訳しているほか、プリースト『双生児』『夢幻諸島から』『隣接界』、リュウ『宇宙の春』『Arc アーク』（以上、早川書房）など翻訳書多数。

正義《せいぎ》の弧《こ》(上)

マイクル・コナリー | 古沢嘉通《ふるさわよしみち》 訳

講談社文庫
定価はカバーに
表示してあります

2023年７月14日第１刷発行

発行者──鈴木章一
発行所──株式会社　講談社
東京都文京区音羽2-12-21　〒112-8001
電話　出版（03）5395-3510
　　　販売（03）5395-5817
　　　業務（03）5395-3615

KODANSHA

デザイン─菊地信義
本文データ制作─講談社デジタル製作
印刷───株式会社KPSプロダクツ
製本───株式会社国宝社

Printed in Japan

ISBN978-4-06-531860-7

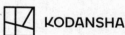

講談社文庫刊行の辞

二十一世紀の到来を目睫に望みながら、われわれはいま、人類史上かつて例を見ない巨大な転換期をむかえようとしている。

世界も、日本も、激動の予兆に対する期待とおののきを内に蔵して、未知の時代に歩み入ろうとしている。このときにあたり、創業の人野間清治の「ナショナル・エデュケイター」への志を現代に甦らせようと意図して、われわれはここに古今の文芸作品はいうまでもなく、ひろく人文・社会・自然の諸科学から東西の名著を網羅する、新しい綜合文庫の発刊を決意した。

激動の転換期はまた断絶の時代である。われわれは戦後二十五年間の出版文化のありかたへの深い反省をこめて、この断絶の時代にあえて人間的な持続を求めようとする。いたずらに浮薄な商業主義のあだ花を追い求めることなく、長期にわたって良書に生命をあたえようとつとめるところにしか、今後の出版文化の真の繁栄はあり得ないと信じるからである。

同時にわれわれはこの綜合文庫の刊行を通じて、人文・社会・自然の諸科学が、結局人間の学にほかならないことを立証しようと願っている。かつて知識とは、「汝自身を知る」ことにつきていた。現代社会の瑣末な情報の氾濫のなかから、力強い知識の源泉を掘り起し、技術文明のただなかに、生きた人間の姿を復活させること。それこそわれわれの切なる希求である。

われわれは権威に盲従せず、俗流に媚びることなく、渾然一体となって日本の「草の根」をかたちづくる若く新しい世代の人々に、心をこめてこの新しい綜合文庫をおくり届けたい。それは知識の泉であるとともに感受性のふるさとであり、もっとも有機的に組織され、社会に開かれた万人のための大学をめざしている。大方の支援と協力を衷心より切望してやまない。

一九七一年七月

野間省一

講談社文庫 最新刊

東野圭吾
私が彼を殺した〈新装版〉
容疑者は3人。とある〝挑戦的な仕掛け〟でミステリーに新風を巻き起こした傑作が再び。

佐々木裕一
町くらべ〈公家武者 信平㈩〉
町の番付を記した瓦版が大人気！　江戸時代の「町くらべ」が、思わぬ争いに発展する――！

伊集院　静
ミチクサ先生(上)(下)
著者が共鳴し書きたかった夏目漱石。「ミチクサ」多き青春時代から濃密な人生をえがく。

小《こ》池《いけ》水《みず》音《ね》
〈小説〉こんにちは、母さん
あなたは、ほんとうに母さんで、ときどき女の人だ。山田洋次監督最新作のノベライズ。

武田綾乃
愛されなくても別に
家族も友人も贅沢《ぜいたく》品。現代の孤独を暴くシスターフッドの傑作。吉川英治文学新人賞受賞作。

森　博嗣
馬鹿と嘘の弓〈Fool Lie Bow〉
持つ者と持たざる者。悪いのは、誰か？　ホームレスの青年が、人生に求めたものとは。

大山淳子
猫弁と幽霊屋敷
前代未聞のペットホテル立てこもり事件で事務所の猫が「獣質」に!?　人気シリーズ最新刊！

講談社文芸文庫

大西巨人
春秋の花
大長篇『神聖喜劇』で知られる大西巨人が、暮らしのなかで出会い記憶にとどめた詩歌や散文の断章。博覧強記の作家が内なる抒情と批評眼を駆使し編んだ詞華集。

解説＝城戸朱理　年譜＝齋藤秀昭

おＵ4
978-4-06-532253-6

加藤典洋
小説の未来
川上弘美、大江健三郎、高橋源一郎、阿部和重、町田康、金井美恵子、吉本ばなな……現代文学の意義と新しさと面白さを読み解いた、本格的で斬新な文芸評論集。

解説＝竹田青嗣　年譜＝著者・編集部

かＰ7
978-4-06-531960-4

海外作品

小説

ノンフィクション

児童文学

講談社文庫　海外作品

L・ワイルダー
こだま・渡辺訳　この輝かしい日々

ルイス・サッカー
幸田敦子訳　穴〈HOLES〉

2023年 6 月15日現在